Tucholsky Wagner Zola Scott Sydow Freud Schlegel
Turgenev Wallace Fonatne

Twain Walther von der Vogelweide Fouqué Friedrich II. von Preußen
Weber Freiligrath Frey
Fechner Fichte Weiße Rose von Fallersleben Kant Ernst Richthofen Frommel
Hölderlin
Engels Fielding Eichendorff Tacitus Dumas
Fehrs Faber Flaubert
Eliasberg Ebner Eschenbach
Feuerbach Maximilian I. von Habsburg Fock Eliot Zweig
Ewald Vergil
Goethe Elisabeth von Österreich London

Mendelssohn Balzac Shakespeare Dostojewski Ganghofer
Lichtenberg Rathenau Doyle Gjellerup
Trackl Stevenson Tolstoi Hambruch
Mommsen Thoma Lenz Hanrieder Droste-Hülshoff
Dach Verne von Arnim Hägele Hauff Humboldt
Reuter Rousseau Hagen Hauptmann Gautier
Karrillon Garschin Baudelaire
Damaschke Defoe Hebbel
Descartes Hegel Kussmaul Herder
Wolfram von Eschenbach Dickens Schopenhauer
Bronner Darwin Melville Grimm Jerome Rilke George
Campe Horváth Aristoteles Bebel Proust
Bismarck Vigny Barlach Voltaire Federer Herodot
Gengenbach Heine
Storm Casanova Tersteegen Gilm Grillparzer Georgy
Chamberlain Lessing Langbein Gryphius
Brentano Lafontaine
Strachwitz Claudius Schiller Kralik Iffland Sokrates
Katharina II. von Rußland Bellamy Schilling
Gerstäcker Raabe Gibbon Tschechow
Löns Hesse Hoffmann Gogol Wilde Gleim Vulpius
Luther Heym Hofmannsthal Klee Hölty Morgenstern
Roth Heyse Klopstock Kleist Goedicke
Luxemburg Puschkin Homer Mörike Musil
La Roche Horaz
Machiavelli Kierkegaard Kraft Kraus
Navarra Aurel Musset
Lamprecht Kind Kirchhoff Hugo Moltke
Nestroy Marie de France
Laotse Ipsen Liebknecht
Nietzsche Nansen Ringelnatz
Marx Lassalle Gorki Klett Leibniz
von Ossietzky May vom Stein Lawrence Irving
Petalozzi Knigge
Platon Pückler Michelangelo Kafka
Sachs Poe Liebermann Kock
Korolenko
de Sade Praetorius Mistral Zetkin

Der Verlag tredition aus Hamburg veröffentlicht in der Reihe **TREDITION CLASSICS** Werke aus mehr als zwei Jahrtausenden. Diese waren zu einem Großteil vergriffen oder nur noch antiquarisch erhältlich.

Symbolfigur für **TREDITION CLASSICS** ist Johannes Gutenberg (1400 — 1468), der Erfinder des Buchdrucks mit Metalllettern und der Druckerpresse.

Mit der Buchreihe **TREDITION CLASSICS** verfolgt tredition das Ziel, tausende Klassiker der Weltliteratur verschiedener Sprachen wieder als gedruckte Bücher aufzulegen – und das weltweit!

Die Buchreihe dient zur Bewahrung der Literatur und Förderung der Kultur. Sie trägt so dazu bei, dass viele tausend Werke nicht in Vergessenheit geraten.

Studentenbeichten. Erste Reihe

Erste Reihe

Otto Julius Bierbaum

Impressum

Autor: Otto Julius Bierbaum
Umschlagkonzept: toepferschumann, Berlin

Verlag: tredition GmbH, Hamburg
ISBN: 978-3-8424-0353-6
Printed in Germany

Trumpf:

Viel geliebt, noch mehr getrunken,
manchmal fast im Strom versunken,
heida, wie der Schläger pfiff!
Soll das Leben Dir was nützen!
lerne auch Dein Blut versprützen:
Nicht gezuckt! Los! Blick und triff!

Richard Dehmel.

Neuer Widmungsbrief an Richard Dehmel.

Mein lieber Richard! Was soll man thun, wenn ein »Jugendwerk« vergriffen ist? Du hast die Antwort darauf nach Deiner Weise gegeben, indem Du Deine »Erlösungen«, unerschrocken gewissenhaft wie Du bist, einfach umgegossen, in eine neue Form gebracht hast. Ich ziehe meinen Hut vor so viel Fleiß und Tugend und mache es anders: Ich gebe, wie Du siehst, die erste Reihe der Studenten-Beichten, *Deine* Reihe, einfach wieder so heraus, wie sie schon damals »auf der Od im Fasching 1893« aussah, als ich sie Dir zu Füßen legte. Nur, daß ich das nicht recht in den Rahmen passende Versstück Klassischer Spuk weglasse.

Es giebt noch eine Art, mit vergriffenen »Jugendwerken« umzugehen: daß man es mit dem ganzen »Werke« so macht, wie ich hier mit dem kleinen Stücke. Das war auch eigentlich meine Absicht. Wenn man, wie ich, mitten in allerhand neuen Planen steckt und überdies, wie ich es von mir glaube, einige Fortschritte in der Erkenntnis dessen gemacht hat, was not thut, so sieht man es nicht gerne, daß »Jugendwerke« neu aufstehen.

»Jugendwerke« ... Bin ich denn mittlerweile, seit diesen sieben Jahren, so alt geworden? Ich will's nicht hoffen. Und doch .... Unter uns gesagt: Man wird heutzutage merkwürdig schnell alt, oder man fühlt sich wenigstens so, wenn man seine ersten Bücher durchsieht. Das kommt wohl daher, daß wir damals alle so ausbündig jung gewesen sind, so jung, wie sich's die heutigen Jungen gar nicht vorstellen können. Sind sie darum zu beneiden? Wenn die Reife, mit der sie sich präsentieren, echt und nicht bloß ein gut gewählter Anschein ist, so will ich sie gerne weiter deswegen bewundern; wir sind dann für sie mit jung gewesen und haben doppelten Anspruch auf gelindere Beurteilung unsrer vielen Jugendstreiche, denn sie kommen dann auf doppeltes Konto.

Wenn ich diese Geschichten, die mir jetzt wirklich als Jugendstreiche erscheinen und an denen mir nicht wenig mißfällt, noch mehrmals und in unveränderter Gestalt erscheinen lasse, so zeigt das deutlich an, daß ich mich ihrer trotz allem nicht schäme. Sie umzuarbeiten, auf den Stand der Ansprüche zu bringen, die ich heute künstlerisch an mich stelle, fehlt es mir sowohl an Zeit, als an

Stimmung; sie der weiteren Öffentlichkeit zu entziehen, fühle ich zwar Neigung, aber kein Bedürfnis. Zwar wird denen, die, aus freundlichen oder anderen Gründen, nicht müde werden, mich als ewigen Studenten zu proklamieren, dadurch Vorschub geleistet, aber das bleibt sich schließlich gleich. Auch steckt amende ein Stückchen Wahrheit in dieser Bezeichnung, denn in der That: ich fühle, wie nicht wenige Deutsche, etwas vom ewigen Studenten in mir. Zwar bin ich unter die Abstinenzler gegangen und werde Dir künftig nicht mehr in Burgunder Bescheid thun, sondern in Mattonis Gießhübler; zwar bin ich allen Raufhändeln, und zwar denen mit der Feder nicht weniger, als denen mit dem Schläger, abhold geworden; und schließlich bin ich auch nicht mehr so hinter jedem Zopfband her wie dazumal, als ich zwar viele, aber noch nicht die Eine kannte, – aber: übermütig sein, die Welt für ein Karussel halten, alles Verhockte, Muffige, Heimtückische verachten, alles Schöne, Klare, Stolze lieben, und treu zu allem stehn, was mir freundschaftswert erscheint, – das kann ich immer noch.

Darum setze ich auch diesem Neudrucke wieder Deinen Namen voran und schreibe diesen Brief. Möge er Dich über einer neuen Arbeit finden!

Dein Otto Julius

Letzte Musterung

Ein früherer Korpsbruder von mir, gerade der, dem ich am wenigsten »so was« zugetraut hätte, sandte mir kürzlich die Anzeige von seinem bestandenen Assessorexamen (*das* hätte ich ihm schon zugetraut) und folgende Aufzeichnungen unter dem obengenannten Titel:

»Und noch einmal ruhte Graf Adolars braunes Auge auf dem bunten Tande der Vergangenheit, noch einmal drückte er seine vollen Lippen auf die Zeichen entschwundener Liebe, dann reckte er entschlossen seine edle Gestalt hoch auf, seufzte tief und ließ das Packet in die Gluten des Kamines versinken ..«

Das ist der Held eines deutschen Jungfrauenromans, der da seine vergangenen Liebschaften noch einmal sortiert. Oh du schöner, oh du süßer deutscher Jungfernroman!

Da spielen himmelblaue und rosarote Bänder eine gar rührsame Rolle, und in die große fettaugenarme Bettelsuppe der braven Lügensentimentalität fällt manch ein blondes, schwarzes und braunes Lottchen-, Bettchen-, Nettchen-Härchen, wie sie bei sothanen Romanangelegenheiten massenhaft herumfliegen ...

Mach' Dich nicht lustig über so nette Dinge, alter Junge, scherze nicht, Freunderl, und guck in Deine eigene braune Kassette.

Kassette, – komisch, wie man die Worte manchmal verwegen wählt. Aber gleichviel, wenn auch niemals, (ich kann's beschwören: gar niemals) Geld darin gewesen ist: das braune, alte Ding mit dem gelben Vorlegeschloß hat doch von Anbeginn Kassette bei mir geheißen. Es soll von meinem Großvater herstammen, der Bergmann gewesen ist, und unten hineingeklebt prangt auch ein Bild von dem Alten: ein pockennarbiger, eckiger Kopf, spärliche Haare über die Glatze weg zur Stirn hereingestrichen, die Nase wuchtig ins Vorland stoßend, gewaltige Kiefern, riesige schaufelige Ohren und zwei große, weit offene, wasserblaue, gutmütige Kinderaugen.

Oh gräulicher Mißbrauch des großväterlichen Konterfeis! Diese alte, braune Kassette mit dem großvatergeschmückten Boden war von jeher die Schatulle meiner Geheimnisse. In ihr lagen, das tugendmahnende Großvatergesicht mit den weitschauenden Kinderaugen verdeckend, meine ersten Gedichte, als ich noch Schüler war und mich meiner musischen Extravaganzen in der Öffentlichkeit schämte, – in ihr baute sich später in dichten Schichten der süße, langsam nur wachsende Baumkuchen meiner verliebten Korrespondenz auf. Wahrlich, wahrlich, die Enkel tanzen auf den Gräbern ihrer Vorvordern, und nichts ist der Jugend heilig, zumal, wenn sie verliebt ist ...

Aber heute will ich die Schmach von Deinem Antlitz nehmen, alter Ahne, von nun an sollst Du wieder Deinen beschaulichen, wasserblauen Blick unbehindert nach oben wenden können, nach dem Deckel mit den ungefüge eingeritzten, aber famosen Versen:

»Hab ich lieb, so hab ich not,
Meid ich lieb, so bin ich tot,
Nun ee ich lieb durch leid wolt lan,
Ee will ich lieb in leiden han.«

Ee will ich lieb in leiden han, – ach ja! Merkwürdig, was für ein Duft in der Kassette (zu komisch der Name für einen Liebesbriefkasten) steckt, – ich weiß nicht, ist das bloß Einbildung, Halluzination der Nase, oder ist es wirklich so, – die ganze lustige, leidige, verrückte, entzückte, verliebte, verlumpte, alberne, selige – die ganze, ganze Vergangenheit in der Liebe riecht mir daraus entgegen. Das läßt sich nun freilich nicht schildern; das ist so fein, so kribbelnd, so umschwellend die Sinne, so hinaufkitzelnd ins Gehirn und so hinabwärmend ins Herz, so ganz unsagbar innig unbegreiflich, – ach, das ist so mild und voll berauschend, daß ich nur genießen, genießen, genießen mag, einsaugen den Blütenduft mitsamt dem Staub der Samenfäden und dann, die Blume fallen lassend, hintüber den Kopf gebogen, schlafen, schlafen und träumen ...

Aber nein! Brutal hineingegriffen, heraus mit dem ganzen Packet; guck dem Alten da unten in die Augen, dann zu den Kasten und das Schloß davor, und hin mit dem Baumkuchen in den Ofen! –

Hopla! Nicht gar so eilig. Eile mit Weile. »De mußt niche su der Quäre sin, kleenes Ungeziefer, immer hibsch bee a bee, Juhlejus!« sagte der Alte da unten, wenn ich mit den Stiefeln in die Pfütze wollte. Also langsam und mit Gefühl. Halt Dir die Nase zu, Freunderl, und laß Dir den alten Liebesdunst nicht in den Kopf steigen, oder kannst Du's nicht, so laß das Weibsenzeug noch länger dem alten Großvater auf der Nase herumliegen und warte, bis Du verständig geworden bist. – – Na? – – –? – Na ja, dann also los! Krrr krrr klapp, – zu den Deckel, und da liegt die Bescheerung.

Ich glaube, die krumme Käthe liegt oben drauf. Hm ... Drei Stück. Dickes Kartonpapier. Eins rot, eins blau, eins grün. Goldener Rand. Die Buchstaben laufen wie hungrige Spinnen immer nach der obersten, rechten Ecke. Tinte: lila, – natürlich. Merkwürdig, was das Mädel für Orthographie im Leibe gehabt hat. Aber noch mehr Liebe. Sie hat mich einmal so an sich gepreßt, daß ich »au!« geschrieen habe. Man konnte dem kleinen Kerl solche Klammerkraft gar nicht zutrauen; drei Käse hoch und schmal wie eine Dresdener Dreiersemmel. Der Vergleich ist nicht so hergestohlen, wie er aussieht, denn zu der krummen Käthe Zeiten durchbummelte ich Dresden, und ich sah jeden Morgen eine Dresdener Dreiersemmel und jeden Abend Käthe mit der krummen Nase.

Ach! Dresden ist ein treffliches Nest für Verliebte, und die Dresdnerinnen können gar nicht genug gepriesen werden in puncto puncti. D. h. die Dresdner Liebe ist eine ganz besondere Art. Es gibt da an der Elbe ein Wort, das heißt »gutmuhmig«. Die Dresdner Liebe ist die Liebe der »Gutmuhmigkeit«; Schnäbelei ist dort stark ausgebildet; das Händedrücken, das Füßeangeln, der feuchte, feurige Blick, dann den Arm um die Taille und angeschmiegt ganz fest bis zum Herzschlaghören, und zu guter Letzt Küsse, Küsse, Küsse, – das geht bis in die Puppen, wie man dort mit weicherem B sagt. Aber mit dem letzten Schmatz haben sich die guten Dresdnerinnen auch schon ganz ausgegeben. Dann hängen sie im Arme wie welke Butterblumen und genießen die Wonne allzu billig erkaufter süßer Erschlaffung.

Kleine, krumme Käthe! Das einzige Energische an Dir war der kühne Nasenschwung, nach dem ich Deine ganze Persönlichkeit getauft habe; fahre hin in die Glut, die Du leider nicht besaßest. Hätte ich ein Schälchen Blümchenkaffee zur Hand, ich würde Deine Briefe in ihm zerweichen lassen, denn, ehrlich gestanden, Du bist des stolzen, prasselnden Feuers nicht ganz würdig, – aber trotzdem,

Du wandelnder Lindenduft mit der Sehnsucht nach Kaffeekuchen, ich werde mit stetem Vergnügen auch fernerhin an Dich denken, an Dein liebes Lispeln in weichsten Lauten und an Dein kleines Feuerchen, daß immer zu schnell »alle« war. –

Erst der rote, dann der grüne, dann der blaue, – Herr Gott, wehrt sich das dicke Kartonpapier! Gerade wie die krumme Käthe ...

Na nu, wer kommt denn jetzt? das ist ja ein ganzer Pack und in allen Farben. Alle Welter, – da steckt Hitze drin. Nochmal eine Katharina, aber diesmal lacht ein derberer Dialekt aus dem Namen mit einem fidelen Schluß-i heraus: Kathi! Himmel Sakra, ist das eine Orthographie: »I bin scho dreimal da gwest, aber Du bist fortganga« – so hebt der eine Brief an. Ach Du gutes Herz! Wie wirst Du mich dann beim Kopfe genommen haben mit Deinen derben, roten Kellnerinnenhänden! Ach, wie wir zusammen auf der Rottmannshöhe waren und ganz allein auf dem Dache des Hotels standen, und der Racker durchaus aufs Wasserreservoir klettern wollte, der Aussicht wegen, damit sie die Alpen und ich ihre Waden besser sehen könne. Kathi! Kathi! – Ob sie sich noch an den Waldspaziergang nach Höllriegelsreuth erinnert? Durchaus wollte sie den »Kohlrabnapostel« sehen, der »nacket umananderlauft.« Aber es war wahrlich nicht nötig, denn uns selber war ganz heidnisch nackt zu mute. In dem grünen Frühlingsschleier des Buchenwaldes verfingen wir uns, wie weiland Aphrodite mit ihrem verliebten Kriegsgotte im Liebesnetze, und gäbe es Olympier im Walde von Höllriegelsreuth, sie hätten Grund gehabt zu homerischem Gelächter, – wahrhaftig. Denke ich jetzt an diese Kathi zurück, so geht ein frischer, rascher Zug durch mein Herz, und ich höre singen:

So lang der alte Peter, der Petersturm noch steht, So lang die grüne Isar durch d'Münchner Stadt noch geht
...

und die beiden Maßkrugtürme der Frauenkirche seh ich vor mir, diese wundervollen Abbilder der breitbeinigen Münchner Gemütlichkeit.

Nun aber weiter. Ein ganzer Ballen mit der Aufschrift »Kellnerinnen«. Nein, so was! War ich wirklich so ein Sumpfhuhn? Und wie ich hineinsehe, merke ich, daß ich just das Gegenteil war, – unglaublich, ein halbes Dutzend zweifelhafter Heben habe ich platonisch verehrt. Später machte ich die Beobachtung, daß das vielen jungen Studenten (in Norddeutschland) so geht, die, eben von der Schule gekommen, das Weib zuerst in der Kellnerin kennen lernen und anschmachten. Den Briefen merkt man meine blöde Unschuld an und die Geschaftsschlauheit der Schreiberinnen. Hauptsächlich sind es Benachrichtigungen vom Wechsel der Stelle. Komisch rätselhaft zuweilen.

Mein Dicker!

Ganz kurz will ich Dir mitteilen, daß ich nicht mehr im Reichsgericht bin. Bitte komme zu mir nach Kamerun im Gewandgäßchen. Nettes Lokal. Die dicke Bertha, die, wo immer lateinische Verse sagt, ist auch da. Bring auch Deine Chorbrüder mit zur Exkneippe.

Einen Heuwagen voll Grüße von Deinem Säckchen

Anna.

P. S. Ist der besoffene Schwammerling aus Halle wieder da? Und was macht Euer neuer Fuchs, der blonde, schüchterne? Na, den müßt ihr noch tüchtig zieh'n!

Säckchen.

Andere Briefe zeigen Säckchens Wanderung von Kamerun nach Sansibar, von Sansibar nach Sofia, von Sofia nach Angra Pequena. Dort blieb sie für mich verschollen.

Dieses Leipziger Kellnerinnenpacket wirkt ganz anders auf mich als die Briefe Kathis, des Kellnermadls von München. Stickige Luft voll schlechtem, beißendem Cigarrenrauch und versetzt mit dem scharfen Mensurparfum Jodoform; deutsche Studentenfäuste dreschen Skattrümpfe auf bierbetümpelte Tische oder stürzen den ledernen Knobelbecher; die Mädel, wenn sie nicht gerade Bier bringen, setzen sich zu den Stammgästen und »hakschen«, wie der Sachse mit einem Sonderwort für schweinigeln sagt. Und immer sitzt inmitten diesem jammerhaften Stumpfsinn, mitten in dieser dickfaulen Atmosphäre von geistlosem Müßiggang und Brutalität irgend einer der berühmten jungen Idealisten, der, eben aus dem Brutkasten des Gymnasiums herausgelassen, die nassen Schalen noch hinter den Ohren, nichts hört und sieht von alle dem, weil er nichts hört und sieht, als etwa den angenehm weichen Tonfall einer dieser Mädchenstimmen und ein paar dunkle, liebesfeuerheiße Augen oder ähnliche »Faktoren der Imagination«.

Oh Du alter Großvaterkopf da unten auf dem Grunde der Kassette der Geheimnisse: siehe, Dein Enkel war auch einer von diesen grünen Eseln, und wahrhaftig, er war einer der grünsten. Hat er nicht einmal seinen Abiturientenexamen-Frack samt schwarzer Hose und Weste versetzt, nur um so einem dreifach durch alle Grade der Raffiniertheit destillierten Kellnerinnenlasterluderchen eine Bonbonniere zum Geburtstag zu schenken? Natürlich legte er ein Gedicht auf die Pralinées, und natürlich steckte »sie« die Bonbons irgend einem praktischen Realisten in den schnurrbartumspitzten Mund. Oh mein Großvater, wälze, wälze, wälze Dich im Grabe!

Indes, die Schule der Bumskneipe hat auch mich von dieser grotekesten Abart des schon an sich grotesken deutschen »Idealismus« geheilt. Ich sehe das an einem weiteren Konvolut von Briefen aus der Leipziger Zeit. »Das Aas« steht darüber.

»Das Aas?« – ich muß lachen, wenn ich daran denke, denn so bin ich doch noch niemals zum Narren gehalten worden, als von ihr, die sich selber und »Allem, was sie liebte«, diesen Kosenamen beilegte; von der »kleinen Anna«. Sie war ein reizender Racker, der Typus der Leipziger Confektioneuse, das richtige Studentenmädel. Hauptsächlich mochte sie die Korpsstudenten, und von den Korps erfreute sich besonders meines ihrer Gunst. Das war schon beinahe das diplomatische Princip von der meistbegünstigten Nation, das sie in dieser Hinsicht pflegte. Hervorragend treu konnte sie natürlich nicht sein unter solchen Umständen, schon deshalb nicht, weil jedhalbjährlich neue Füchse kamen, und ach, gerade nach grünem Gemüse hatte sie so gesunden Appetit. Das Hauptfeld ihrer Thätigkeit war der »Schloßkellerschwof«, der Sonntagstanz der Studenten in Reudnitz. Ihre Briefe sind hauptsächlich Aufforderungen, dahin zu kommen. Sie pflegte in diesem Zusammenhange einen Stil von vieler Energie.

Mein süßes Aas!

Du kommst doch morgen in den Schloßkeller? Dein Korpsbruder P. hat mir zwar gestern gesagt, Du mußt mit nach Halle, er will schon dafür sorgen, daß Du mitmußt, aber laß Dir nur nichts vorschwatzen und komm in den Schloßkeller. Überhaupt P.! das ist auch ein Rechter. Was bildet sich denn der ein? Mich hat er gewiß auch schlecht gemacht bei Dir. Na, wahr ist es doch nicht. Mit dem Doktor soll ich noch verkehren? Das ist doch gemein, so was zu behaupten! Als wie wenn ich gar kein Ehrgefühl hätte! Und der kleine Dicke ist ein Bekannter von meiner Schwester. Was kann ich denn davor? Also Du kommst natürlich in den Schloßkeller, aber zeitig, nicht wie das letzte Mal um 9 Uhr erst, wo ich mich schrecklich gemopst habe vorher.

Es hat Dich furchtbar lieb

Dein kleines Rabenaas.

NB. Wegen dem Dicken kannst Du meine Schwester selber fragen. In Eile. Ich muß noch aufwaschen.

Anna.

Es dauerte nicht lange, und sie hatte einen Anderen »furchtbar lieb«. Auf die Dauer wär's auch zuviel gewesen mit ihr.

Ins Feuer, ins Feuer, kleine Anna!

Jetzt kommt so einige Dutzendware. Darunter Alice, die Mondscheinheilige, von der im Korps die Redensart ging: »Sie rempelt mit Versen und kneift dann«. Ja, sie war eine idealistische Dichterin und in ihrem »Busen« brannte ein heiliges Feuer. Ihre Gedichte waren so gräßlich schön, daß sie im Druck Furore gemacht haben würden, aber Alice sang nur im Verborgenen, auf rosa-rot notepaper mit einer Lilie als Wasserzeichen. »Holder Jüngling« nannte sie mich in ihren seufzenden Versen und eines ihrer schönen Gedichte endigte mit der infamen dichterischen Freiheit:

» .... im Auge mir die Thränen stehen,
Seh' Deine blonden *Locken* ich im Abendwinde wehen.«

– ich war damals kurz geschoren. Original fahre hin in Deiner Pracht! Friß, Feuer, den Blaustrumpf, der statt des Buchs der Liebe eine Poetik im Herzen hatte. Ich muß wahrlich lachen, wie das Lilienpapier zusammenschrumpelt. Knick, kß, kß, st. Wo mag Alice jetzt die Harfe beklimpern?

Da, hinter dem lyrischen Rosarot knalldickes Royal red, armstämmig derb, aber elegant. Hollah! Wer ist's? Sonderbar, – sollte ich mich auf dies brutal vornehme Rot nicht besinnen können? Ich wende die Briefe in der Hand hin und her, ich greife sie tastend ab, ja, ich beschnobere sie, – Donner und Wetter: was ist denn das für ein molkiger, warmer Geruch? Ja, ja, ich kenn' ihn. Irgendwo einmal ist eine Wolke von ihm mir entgegengeschwollen, breit, dick ... Ja, und ein paar glühende Augen hinter dieser Wolke, und dann ein paar üppige, weiße Brüste ... Wo aber, wo? ... Ah! »Josépha« mit dem ungeheuren *accent aigu*, die mich an ihrer Brust zusammenquetschte wie einen schwindsüchtigen Frosch, die mich »fraß vor Liebe«, und vor der ich floh, wie Joseph einsten in Ägypterland, denn ihrer Liebe Brünste, diese ewig wabernde Lohe nie zu sättigenden Begehrens, waren mir unheimlich, der ich damals an vergißmeinnichtiger, gretchenhafter Minnigkeit noch süßeste Freude hatte. Meine Rolle war auch etwas kläglich. Sie benutzte mich als Blitzableiter für die elektrischen Knatterentladungen ihres glutschwangeren Herzens, das sich nach irgend einem Wladimir wütend abzappelte. Eine Geruchserinnerung ist mir geblieben und ein stickiges Gefühl der Blamiertheit und des Widerwillens. Herunter mit dem dicken königlichen Rot. Es fällt gerade so faul in die Flammen, wie sie in die Chaiselongue zu fallen pflegte, indem sie sagte: »Komm' her, mein Liebling (Libblingue). Ach, was dicken Arme hast Du!« Pfui Teufel! Weg! Weg! Weg!

Und nun, Du Packet, von blauseidenem Band umschnürt, – dich erkenne ich gleich und nehme dich, und küsse dich ab (Adolar, Du bist gerächt) und bin vergnügt, vergnügt, vergnügt! Es bimmeln alle Glocken und Glöckelchen unschuldiger, herzschwellender Seligkeit, Vergißmeinnicht, das blasse Blumenseelchen, blüht, und kleine Veilchen duften, und der Himmel ist schwärmerisch blau und durchflockt von niedlichen Schäfchenwolken, auf denen Amoretten mit rosaroten Hinterbäckchen reiten.

Das war die Zeit, da ich mein und ihr Herz malte in Gestalt eines roten Radi, drumherum geschlungen eine Guirlande mit der Bandschleife: Martha!

Martha! Gott, wenn ich daran denke! Mitten im Lärm und Qualm Berlins sind wir zwei auf Rosendüften gewandelt und haben nichts gesehen als ein himmelblaues, leuchtendes, lachendes Glück in unseren Augen und nichts gehört als das Klimperliedchen unserer Zärtlichkeit: Du, Du, Du nur allein, Du, Du, Du sollst es sein!

Liebe? Na ja, wie soll man sie nennen, diese dumme Glückseligkeit? Säuseln, Schwärmen, mit kleinen Glöckchen bimmeln, unbeschreibliche Süßigkeiten und Duftigkeiten atmen und, ach! so selig, selig seufzen, wenn man beieinander war.

Ja: das war meine Jugendeselei, meine närrische Unschuld, mein erster, linder Sturm und Drang in bebender Ahnung ... Natürlich hatte sie blaue Augen und einen blonden, etwas unfertigen Mozartzopf, und natürlich roch sie nach Butterbemmen, denn sie war ein Backfisch. Backfisch mit der Notenmappe. Backfisch mit den schlenkernd eckigen Bewegungen. Backfisch mit dem ruckweisen Kopfwenden. Backfisch mit den kolossalen Geographiekenntnissen. Backfisch mit dem noch nicht völlig damenhaft langen Kleide. Backfisch mit den abenteuerlichen Romanreminiscenzen (einmal wollte sie durchaus mit mir nach den kanarischen Inseln durchbrennen: sie wußte ja, wo sie liegen!). Backfisch mit der Sehnsucht nach Apfelkuchen mit Schlagsahne. Backfisch mit den pfiffigen Stubbsnäschen, das nach verbotenen Früchten schnobert. Backfisch mit den unmotivierten Schmollanfällen. Backfisch mit den apfelroten Backen, den lustigen Lippen, den schalkischen Augen, den werdenden Psychebrüsten, den grübchenreichen, hie und da ein ganz, ganz kleinwenig schmutzigen Fingerchen ... Backfisch! Backfisch!

Noch weiß ich genau, wie ich sie kennen lernte. Oben vom Verdecke des rumpelnden Omnibus herunter geschah's, der eben an der »Schule für Töchter der höheren Stände« vorüberfuhr, als dieser Zwitscherkäfig seine Vögel freiließ. Sie guckte rauf, und ich guckte runter, und sofort spannen sich die Glitzerfäden herüber und hinüber. Schleunigst kletterte ich die gewundene Leiter herab, und der Himmel weiß, mit welchen Bemühungen ich dabei nach Grazie rang. Sehr fix machte sich die Kleine von ihrer Begleiterin los und sehr fix war ich hinterdrein und dann an der Herzensseite, und sehr fix hatte ich meinen Korb weg, so süß ich auch stammelte: Geehrtes Fräulein! Aber nein: Das erste Mal geht sowas durchaus nicht. Oh nein: erst abfallen lassen, – diese Kunst ist ihnen angeboren, allen, allen. Dafür später, im Thiergarten, am Goldfischteich, bis uns die dumme und neidische Rosa Meyer beinahe verklatscht hätte (aber sie hatte natürlich selber irgend einen Sekundaner vom französischen Gymnasium), und das schönste: bei Kroll, wenn die Eltern dabei waren, die garnichts merkten. – –

Die Briefchen der Kleinen, wahrhaftig: ich verbrenne sie ungern, so frisch und lustig sind sie, voll rührender Dummheit. Aber weg auch mit ihnen.

Schnell hat sie die Flamme gefressen, und wie sie sich wenden in braunen, brüchigen Röllchen, muß ich denken: Wer hat Dich wohl gepflückt, Du kleine Martha? Bei welchem deutschen Assessor oder Fabrikbesitzer oder Leutnant duftest Du in der guten Stube, Du kleines mildes Veilchen? Mögest Du's gut haben, mein erster Schatz.

Und nun schneller im Vernichten! Schneller, schneller zumal mit den ernsten Blättern, darauf meine Sünde steht, mein böses Abwenden und Losreißen.

Schneller, schneller ... mein Blick fürchtet sich ... Gott, wie wenig Lustiges ist dabei und wie viel Bitteres. That ich denn immer weh, wenn mich die Sehnsucht in den dürren Armen hatte? ...

Ich nahm es wohl immer zu ernst und zu herrisch zugleich, und, ja, meine tiefste Liebe, das ist's, blieb immer unausgesprochen in der That. Zu viel Verse habe ich gemacht, das sehe ich nun ein, und in den Versen, freilich, war viel Glück für mich, dafür verdarb das Genießen.

Seh' ich es recht an, dieses *Auto-da-fé*, so ist es wohl gut, daß ich meine Kassette leerte und ihn verbrannte, den Inhalt voller »Liebe«. Denn das Rechte war nicht daran, auch nicht in dem Ernsten, darüber ich kein Wort sagte.

Ob sie denn tot ist, meine Liebe? Ach, so lange war ich kalt und ohne Narrheit ... Hab' ich mein Gut verthan bei all zu vielen, und meinen Schatz verworfen unter die Menge?

Ein schwermütiges, wundervoll rührendes Volkslied, mir aufge-
schrieben von einer lieben, zarten Hand, als ich einsam viele Wochen in einem oberbayrischen Dorfe lebte, soll zuletzt zu Asche
werden, aber hier will ich mir's aufschreiben zur Erinnerung, denn
die, welche mir's schrieb, war die letzte, zu der sich mein Sehnen
hob. Aber wo war die Flamme denn hin in diesem Sehnen? Warum
war es so herbstlich matt und voll Unglauben?

Ja das alte Volkslied soll hier stehen.

Vevi nannte das Lied:

Der arme Knabe.

Es reist ein Knab ins fremde Land,
Derweil ward ihm sein Herzallerliebstene krank,
So krank, so krank bis in den Tod,
Drei Tag, drei Nacht sprach sie kein Wort.
Als das der Knabe inne wur',
Verließ er sogleich all sein Hab und Gut,
Und reist zu seiner Herzallerliebstene zu.
Grüß Dich Gott Herztausende mein,
Was machstu hier im Bettelein.
Grüß Dich Gott Herztausender mein,
Mir wird's heißen bald ins Grab hinein.
O nein, o nein, es ist nicht so,
Unser Lieben und Getreu soll noch länger sein.
Bringt mir geschwind ein Kerzenlicht,
Mein Schätzchen stirbt, das niemand siecht,
Sie ist schon kalt und nimmer warm,
Sie ist verschieden in meinen Arm.
Holt mir geschwind ein altes Weib,
Die mir mein Schätzchen zum Grabe g'leit,
Ein altes Weib und sechs junge Knaben,
Die mir mein Schätzchen zur Grabstätt tragen.
Sechs junge Knaben sind schon bereit,
In Gold und Silber und Trauerenkleid,
Jetzt hab' ich gemeint, ich hab' eine Freid,
Jetzt muß ich tragen ein schwarzenes Kleid,
Ein schwarzenes Kleid und noch viel mehr,

Jetzt nimmt der Traurigkeit kein Ende nimmermehr.

Nun, alter Ahne, bist Du frei von Deines Enkels Liebe. Aber ich sage Dir: Wenn ich nicht bald neue Liebeslast auf meinem Herzen fühle und Dir sie auf Dein Bildnis legen kann, so will ich alle altenen Weiber der Welt zusammenrufen, daß sie mich zur Grabstätt g'leit'n und ich will mich begraben lassen, – ob von jungen Knaben oder jungen Mädchen: das soll mir gleich sein.

Josephine

Briefe eines Studenten aus der Festung

Mein lieber philologischer Max!

Du willst also durchaus aufs genaueste wissen, wieso, warum und weshalb ich dazu kam, meine juristischen Studien in eine unerlaubte Praxis zu übersetzen, indem ich mein platonisches Verhältnis zum Strafgesetzbuch durch intimere Verbindung mit dem § 205 in eine unstatthafte persönliche Vertraulichkeit verwandelte. Gut, – da ich in Deinem Herzen nicht bloß das zweifelhafte Interesse als »Duellheld« habe, so sollst Du die ganze, herrliche Geschichte in langen Briefen erzählt bekommen. Hol' mich der Teufel, – ich habe hier oben überflüssig viel Zeit dazu, denn unausgesetzt juristische Materien zu traktieren und mich während meiner unfreiwilligen passivstrafrechtlichen Praxis zugleich allstündlich in ledernen Theorien zu bewegen, das, weißt Du, bin ich nicht im stande. Ich habe zwar noch Genossen hier oben und zwar zwei Stück, die demselben Paragraphen wie ich ihr Hiersein verdanken, – von denen ist aber der eine trübsinnig und zerknirscht, wie ein Sekundaner, der wegen mangelhafter Ciceropräparation im Carcer sitzt, während der andere vor Heldenstolz über seine stramme That in Bälde größenwahnsinnig werden wird. Nur beim Skat, den wir dreie zuweilen spielen (natürlich!), steigt der erstere aus der Tiefe seines Jammers in die Höhe, der andere vom Piedestal seiner Tapferstrammigkeit herab. Aber Du weißt, daß die studentische Hauptbeschäftigung des Skatdreschens niemals zu meinen Lieblingsunterhaltungen gehört hat, und Du wirst demnach verstehen, daß ich nicht immer gern bereit bin, diesen beiden gegensätzlichen Herren als dritter Mann zu zeitweiliger Vermenschlichung zu verhelfen. Ich greife deshalb mit Vergnügen zu dem anderen Mittel, mir die Zeit schnellflüssiger zu machen, und ich gedenke so, Deinem Wunsche gemäß, Dir alle die Vorgänge und Vorvorgänge, die mich hierher brachten, erzählerisch ausgesponnen so nach und nach als leichte Zwischenspeise zu Deinen philologischen Leibesgenüssen zu servieren. Wenn Du genug Demosthenes geschluckt und Dich hinlänglich an den feineren Zulagen kritischer Partikelbetrachtungen gesättigt hast, wird es Dir vielleicht angenehm sein, ein paar Bissen von diesem weder besonders pikanten, noch auch ganz gewöhnlichen Gerichte zu genießen. Du darfst freilich nicht verlangen, daß ich immer bei der Stange bleibe! Ich erzähle keine raffiniert ausgeklügelte Geschichte mit atemhemmenden Spannungen und kunstreich zurechtgemachten Entwickelungen, sondern ich möchte Dir einfach ein Stück aus dem Leben eines deutschen Studenten der heutigen Zeit geben, der, ohne in dem gewöhnlichen studentischen Leben aufzugehen, in fatale Berührung mit ihm kam und so aus eigenem Mitthum kennen lernte, was er sonst nur beobachtete. Du weißt ja, daß mich dieses heutige akademische Leben nicht befriedigt. Ich kam auf die Hochschule mit einem fertigen Ideal, das ungefähr auf die vierziger, fünfziger Jahre paßte, und das sich nach einigem Bekanntwerden mit der Wirklichkeit beinahe in Ekel verwandelte. Aber während Du, von ähnlichen Gedanken beeinflußt, es verstandest, Dich einfach hinter Deinen Bücherwall zurückzuziehen, um möglichst bald das *stud. phil.* von Deiner Visitenkarte verbannen zu können, trieb mich ein mir innewohnender Genußdrang, immer dabei vermischt mit Widerwillen, ins Leben hinein. Zersplittert, kurz und gut, – so wie es vielen akademischen Bürgern geht, deren Idealismus sich an der Thatsächlichkeit zerreibt, weil ihr Wesenskern nicht kräftig genug ist, das Vacuum zwischen Idealität und Realität mit einer vernünftigen Mischung von beiden auszufüllen. Ach was! Laß mich erzählen, klar und wahr dieses höchst persönliche Drama, dessen Held und Narr ich in einer Person bin. Es macht mir ein grausames Vergnügen. – – Das Schwierigste bei einer Erzählung scheint mir wahrhaftig der Anfang zu sein. Denn dieser längliche Gedankenstrich da bedeutet für mich eigentlich eine halbe Stunde unaufhörlichen Hin- und Herwandelns in meinem Käfig, wobei ich den Federhalter wie eine Miniaturbalancierstange auf- und abschwenkte, bald auch tiefsinnig zum Fenster hinaus auf den Fluß hinabblickte, während alle Teile meiner Geschichte in kleinen Stücken wie Fetzen durchs Gehirn wehten. Eine ganz niederträchtige Situation. Ich veränderte sie und setzte mich an den Tisch, tauchte die Feder ein und verzierte den Gedankenstrich mit allerhand Arabesken, bis er aussah wie eine Pistole mit zwanzig Drückern und Visieren, was mich dermaßen ärgerte, daß ich ihm die Form eines dicken Ovals gab, – was Du nun wohl jetzt für einen Klex halten wirst.

Diese Erzählung vom Gedankenstrich ist natürlich wieder bloße Verlegenheit. Nein, so geht's nicht weiter. Die ganze Fatalität rührt daher, weil mich die gewöhnlichen Romananfänge geradezu nervös machen, und ich mir einbilde, ich müsse notgedrungen etwas ganz Neues in diesem Genre erfinden. Unsinn! Also: Kannst Du Dich auf meinen letzten Brief vor dieser Affaire erinnern, in dem ich Dir in den überschwenglichsten Tönen erzählte, daß ich mich verliebt hätte? Aber Du kannst es natürlich nicht, denn solcherlei Episteln sind leider nichts Seltenes bei mir gewesen. So will ich Dir denn die Sache des Genaueren mitteilen. Ich ersuche Dich aber, diesen Teil meiner Geschichte mit besonderer Andacht zu lesen, wofür ich verspreche, keinerlei Sprünge ins Gebiet der Lyrik zu machen, d. h. in keinem Falle den rhythmischen Teil meines Tagebuchs aus jener Zeit auszubeuten. – Ehe ich meinen Aufenthaltsort gezwungenermaßen hierher verlegte, wohnte ich in Moabit, Berlin *N.W.*, etwa vierzig Minuten von der Universität entfernt. Der Weg, den ich zur Universität zu machen hatte, führte mich teilweise durch eine Partie des Tiergartens und dann über den Königsplatz weg an der Siegessäule vorbei. Das war ein prächtiger Weg. Dieses heitere Grün rechts und links, Vogelsingen in der Frühe, die frische, reine Morgenluft –, mein Gang war ein beständiges inneres Fabulieren mit all den schönen Dingen. Kam dazu, daß um dieselbe Zeit, die mich ins Kolleg rief, auch die Geschäfte in der Stadt sich öffneten, und daß sich also ein dichter Strom von allerlei Berufsleuten mit mir zugleich aus der Vorstadt in das Zentrum ergoß. Naturgemäß interessierte ich mich mehr für den weiblichen Teil dieser Geschäftswanderer. Welche Fülle, geliebter Philologe, und welche Nuancen! Fabrikmädchen in abgeschabten Regenmänteln, die auf plump und primitiv erzeugten Tournüren hinten höckerartig nach oben bogen, mit den mager-bleichen Gesichtern des Elends und der Verlebtheit, Näherinnen, kümmerlich aber zierlicher gekleidet, zur Unterscheidung von jenen mit bedeckten Köpfen und weniger unkultivierten Ponylocken, Konfektioneusen und Verkäuferinnen in allen Schattierungen dieser Klasse. Anfangs machte mir es Spaß, diese Schattierungen in ein System zu bringen, dessen Gesichtspunkte gewisse durchschnittlich immer wiederkehrende Garderobemerkmale waren, aber bald war all das Geschwemme dieses Riesenstromes der Arbeit unsichtbar für mich durch die eine, die ich auf den verschwiegenen Seiten meines Tagebuchs dessen einsame, fortgetrie-

bene Perle nannte. Sie trug nicht die gebräuchliche Konfektioneu-
senuniform von mittelloser Eleganz und ausgestopfter Pikanterie;
anmutig-geschmackvoll, war sie einfach, aber nicht ärmlich gekleidet; nichts Imitiertes, Gleißendes war an ihr; nett war sie, nett bis in
die Spitzen ihrer zierlichen Stiefeletten und bis auf die zierlichen
Enden ihres schwarzen Schleiers. Mensch, und was für Augen
guckten durch die Maschen dieses Gewebes, was für Lippen lachten
darunter hervor! Welch feines, kleines neckisches Kinn, welch ent-
zückende Rundung des ganzen frischen Gesichtchens –, ach, es ist
mir unmöglich, Dir das zu schildern, ich möchte Dich nur anstecken
mit der stürmischen, jubelnden Erregtheit, die mich damals ergriff,
und die mich noch heute ihr Photogramm, das Stückchen Pappe,
auf das die Sonne ihr Gesicht noch lange nicht schön genug gemalt
hat, erfassen und mit quillender Rührung küssen läßt. – Halt! Ich
störe Deine Andacht und falle aus dem Epos in die Lyrik, – das soll
nicht erlaubt sein, sagte unser Konrektor. Laß Gnade walten und
lies weiter. –

Ich bin wohl eine Woche lang ihren Tritten gefolgt wie ein Hund,
der bald vor, bald hinterher laufend seinen Herrn umkreist; ich
entdeckte das Geschäft, in das sie ging, und machte bald die weitere
Entdeckung, daß sie die etwas blöden Dokumente meiner Vereh-
rung nicht schlecht aufnahm. Sie wandte hin und wieder ihren kleinen Kopf in einer zierlichen Achtelwendung nach hinten, wenn ich
vorzog, sie vor mir hergehen zu lassen, und sie sah mir auch bald
gerade und klar ins Gesicht, wenn ich vor ihr gehend diplomatisch
meinen Gang verlangsamte, um sie von der Seite zu bekommen.
Nach hiesigen studentischen Anschauungen betrachtet man so etwas als Zeichen zu erwünschter Annäherung, und ich konnte also,
ohne mich zu den professionellen Weiberfängern zu rechnen, die
mir ein Greuel sind, wenigstens die Vorbereitungen zum Angriff
treffen, d. h. ich begann mit mir ernstlich zu Rate zu gehen, auf
welche Weise ich mich der holden Person nähern sollte, die ich in
lyrischen Ergüssen natürlich längst duzte, küßte, umarmte [etc].
Denn es hat nie in meiner Art gelegen, nach Goethes Rezept den
Weibern keck entgegen zu gehen –, ich bin liebesfeige bis zur Blö-
digkeit. Waren das Erwägungen! Welch zierliche Phrasen der Annäherung habe ich zuweilen mühsam gedrechselt, während ich im
Kolleg saß und Pandekten hören sollte, wie habe ich mir die Ört-

lichkeit unseres ersten Zusammenstoßes strategisch genau überlegt, und wie albern bin ich mir bei alledem beständig vorgekommen. Nichtsdestoweniger war meine Seele wie von einem ganz unerklärlichen, sagen wir: himmlischen Fluidum erfüllt, das in manchen Augenblicken zum Gehirn aufzuwallen schien und mich so seligheiter machte, daß meine Wirtin sich nicht genug über meine Liebenswürdigkeit wundern konnte. Bunt, wie im »Titan« Jean Pauls sah's in meinem Herzen aus, phantastisch und überschwenglich, voller Frühlingswinde, Rosenlauben, Jasmindüfte und Vogelsang – just wie in einem recht schlechten Gedichte von der säuselnden Observanz. Aber bei all der rosig-nebelhaften Verworrenheit, wie ist sie doch köstlich diese närrische Zeit idealisierenden Liebesträumens, in dem die reale Heldin all der Herzensüberschwenglichkeiten umkleidet wird mit der ganzen Fülle fraulicher Hoheit, Reinheit, Schönheit, Güte und Liebe, die nur jemals eines alten und neuen Dichters Kunst uns lebendig machte.

Thu' mir den Gefallen und lache darüber nicht. Diese Jugendeselei scheint mir zu ihrer Zeit doch ungefähr das Beste zu sein von alledem, was die Menschen Glück nennen. Nur die Pöbelmenschheit macht sich darüber lustig; denn gemeine Seelen vermögen sie nicht zu verstehen. Doch wird sie auch oft geheuchelt, weil man ahnt, daß sie ein Zeichen guten Menschentums sei. – Dieser Traumzustand dauerte drei Wochen. Meine Begeisterung ging in Siedehitze über, aber mein Ideal begann es bereits augenscheinlich zu langweilen, von mir platonisch umschwärmt zu werden, wie die Erde vom keuschen, romantischen Mond, und unser Freund Schilde, der medizinische Cyniker, den ich mein Herzeleid klagte, erklärte mir sehr bündig, daß ich ein ausgewachsenes Kameel wäre, wenn ich nicht binnen 24 Stunden »'ran ginge«. – Mut! Mut! Oh, es war keine leichte Sache! Aber ein schöner Morgen kam; – die Sonne glänzte auf der goldenen Viktoria der Siegessäule flimmernd in hellster Pracht, fröhliche Frische lag auf all deni tauigen Grün, klar und wolkenlos prangte der Frühlingshimmel über dem Ganzen. (Siehst Du wohl, da hast Du den Romananfang.) Diese Frische und Klarheit allüberall drang mir in die Seele wie ein reinigender Hauch des Mutes. Wie Schlacken fiel es vom Herzen, ein freudiges Kraftgefühl erfüllte und belebte den Körper. Mutter Natur, die ehrwürdige, große Gottheit der freien und mutigen Herzen, war mir Bundesgenossin geworden, der Sonnenstrahl da vom Himmel, das war der Speer der Pallas über dem Haupte Achills, und siehe da, der schritt aus wie ein Held und war guter Dinge (nimm mir den hohen Ton nicht übel, damals klang's so in meinem Innern):»heute erfüllt sich 's« war die laute Parole meines Herzens. Da kam sie. Gott, wie war sie schön. Sie war zum erstenmale frühlingshaft gekleidet und ich sah nun, was mir der Mantel teilweise verhüllt hatte, noch mehr: ihre überaus elastische, reizende Figur. So recht jungfräulich kräftig erschien mir ihre zierliche Büste in der Umhüllung des hellgrauen, flotten Frühlingsjackets, und ihr frisch gesundes Gesicht sah ich zum erstenmale ohne Schleier. O, Du Schriftgelehrter, packe alle Deine Reminiszenzen schöner, junger Weiblichkeit aus dem alten Hellas und Rom und was sonst zusammen und krystallisiere Dir aus ihnen ein möglichst vollkommenes Bild (an Nausikaa darfst Du vorzüglich denken), versuche aber, so weit es in Deinen Archäologenkräften steht, das Bild recht modern zu machen, und vergiß nicht, das Ganze Dir bekrönt zu denken von einem breiten, weißen Strohhut, auf dem sich rote Rosen in zartem Blättergrün emporranken – dann hast Du ungefähr eine Ahnung von der Lieblichkeit, die auf mich zuschritt. Und ich, der Held im Schutze der sonnigen Mutter Natur, wahrlich, ich war wie auf Flügeln, wie mit einer unbegreiflichen Kraft erfüllt; – ich kann es mir nicht erklären, ich weiß nicht, wie es geschah, aber ich befand mich plötzlich neben ihr. Doch da verließ mich meine Schutzgöttin, die bekanntlich darauf hält, daß ihre Kinder mit eigenen Kräften tüchtig wirtschaften. Ach, ich wirtschaftete sehr verkehrt; verwünscht banales Zeug stotterte ich heraus, weiß selber nicht mehr was, war überhaupt ganz unbewußt dessen, was ich that. Zwei Mädchen, die vor uns hergingen, wandten sich plötzlich um, stießen sich an und lachten laut auf. Ich hätte ihnen den Rücken eintreten können, aber ihr höhnisches Lachen brachte mich etwas zur Vernunft, d. h. ich begann jetzt etwas bewußter Entschuldigungsbitten zu stammeln und feierlich zu erklären, daß ich mich augenblicks entfernen würde, falls meine Begleitung unlieb, meine Bitte darum also verfehlt sei. Sie schwieg – eine ganze peinliche Minute lang, die mir vorkam, wie ein ganzes Kolleg über Logik, endlos, unergründlich, gähnend – , endlich that sie ihren kleinen Mund auf und sprach. Jetzt aber, Mensch, Freund, Bester, Liebster, jetzt pack' ich Dich bei den Schultern, sehe Dir in's Auge, schüttle Dich und umarme Dich, ja ich möchte mich mit Dir prügeln in Erinnerung dessen, was diese Worte in mir erregten. Oh wunderbare Macht einer leisen, aber vollen Frauenstimme, deren gleichgültigste Worte selbst direkt aus dem Herzen zu kommen scheinen, und die wiederum so warm ins Herz tönt, daß man die Augen schließen möchte, um den Zauber voller zu empfinden. Was sie mir sagte? Eigentlich sehr banale Dinge, aber damals Musik für mein Ohr, eine ganze Symphonie für mein Herz:»sie nehme es mir nicht übel, sie angesprochen zu haben, aber ich müßte ihr verzeihen, daß sie anfangs geschwiegen, denn es sei schwer, eine Antwort auf derartige Anreden zu finden, die nicht immer aus achtenswerten Gründen an ein Mädchen gerichtet würden, das zur Stadt ins Geschäft geht.« Jetzt begann ich zu reden, wie zehn Demosthenesse auf einmal. Mein Herz explodierte und warf vor der Hand eine Unmasse ähnliche Bemerkungen aus, denen sie mit einem entzückenden Zuge der Aufmerksamkeit folgte. So ging ich mit ihr bis zur Ecke der Friedrichstraße, wo sie mich bat, sie ihren Weg allein fortsetzen zu lassen. Wir verabschiedeten uns, sahen uns, so oft es möglich war, noch gegenseitig um, und ich legte es als herrlichen Beweis gegenseitiger Sympathiekraft aus, daß sich unsere Köpfe just immer zur selben Zeit drehten. – Zwei Stunden Pandekten darauf, während deren ich mein Heft mit unzähligen J's verzierte, was sich neben den Offenbarungen des» *Interdictum uti possidetis*« außerordentlich sinnig ausnahm und woraus Du erkennen magst, daß sie Josephine hieß. – Mit dieser Errungenschaft schließe ich diesen Brief. Du kennst jetzt nicht bloß den Helden meiner Geschichte in seinem genauen Zustande zu Beginne derselben, sondern auch den Vornamen der Heldin. Das ist ein Fortschritt, mit dem ich sehr zufrieden bin, und ich schließe mit dem Bewußtsein, endlich meine Pflicht gethan zu haben.

Dein Richard.

Nachschrift. Wie ich den Brief überlese, bemerke ich, daß ich vergaß, Dir die Farbe ihrer Haare zu schildern. Das muß nachgeholt werden; denn sie hatte so schön kastanienbraune, wie ich sie sonst noch nie gesehen. In der Sonne schillerten sie ganz hell, fast wie blonde. Ihre Augen waren braun. Ein eigen tiefer Glanz leuchtete daraus. Denke ich an sie, so schimmern mir fast leibhaftig die dunklen, braunen, lachenden und doch zuweilen so innig ernsten Sterne vor Augen.

II.

Hier, mein geduldiger und lieber Max, hast Du den zweiten Brief und das zweite Kapitel. Ob die Einteilung aus »künstlerischen« Gründen geschehen, überlasse ich Deiner philologisch geschulten Kritik. Mach's gnädig! Denn wahrlich, ich schreibe unter erschwerenden Umständen: mein melancholischer Festungsgenosse hat mir eben sechs Gedichte vorgelesen. »Elegieen« nennt er sie, und er will darin die Seelenqualen des nagenden Gewissens schildern, mit denen er behaftet zu sein vorgiebt, seitdem er einen Gardeleutnant beinahe totgeschossen. Davon ist aber in diesen Gedichten nicht im Entferntesten die Rede, denn sie haben überhaupt keinen Inhalt. Man meint, das ganze Herzeleid sei eine metrische Übung, wie sie auf den Gymnasien Mode. Und dabei ist der »Dichter« ein hochaufgeschossener Bengel, der achtmal auf Schläger und zweimal auf Säbel »los« war und nun als Kampfzeichen eine Art eigenen Skalpes mit sich herumtragt, nämlich jenes bekannte Renommistenfell, ein Gesicht, das aussieht, als ob er mit ihm eine ganze Nacht auf einem Rohrstuhl gelegen und so jene unzähligen Riefen davongetragen, von dem seine ganze »Quartseite« durchkreuzt ist. Es ist wunderbar zu sehen und zu hören, wenn von diesen zerhackten Lippen sentimentalische Seufzerverse kommen. Aber ich will Nutzen aus diesen gereimten Reumütigkeiten ziehen und mir den Lyriker *à la tartare* zum warnenden Beispiel nehmen für meine Erzählung. Ich brauche ja nicht unwahr zu werden, um traurige Dinge zu sagen–: die kommen ganz von selber.

Von dem Tage an, der den Knalleffekt des ersten Briefes bildete, gingen Iosephine und ich stets gemeinsam zur Stadt, aber wir verlängerten unser Zusammensein dadurch, daß wir uns nicht erst an der Siegessäule, sondern bereits im Tiergarten selbst, am Schloß Bellevue trafen. Herrliche Gänge. Beide voll frischen Morgengefühls, umhaucht von fröhlicher Frühkühle, in des Tages Tretmühle noch nicht abgemüdet, ohne viel lästiges Bummelvolk um uns herum – so schritten wir stets guter Dinge und immer mit weiteren Umwegen zur Stadt. Mir that sich ein Himmel auf, muß ich sagen, trotz der abgegriffenen Außenseite dieses Wortes. Wenn sie mir von ihrer rheinischen Heimat erzählte und davon sprach, was für ein Wildfang sie in ganz jungen Jahren gewesen sei, wenn sie mir Szenen aus ihrem Verkäuferinnentagewerk zum Besten gab und mutwilligen Spott über die Ritter mit den Schnabelschuhen beimengte, die mit großer Konsequenz Kravatten bei ihr kauften, wenn im lebhaften Gespräch ihre Wangen sich röteten und ihre lieben Augen so schelmisch und doch so herzensgütig lachten, dann drängte es in mir mit gewaltigem Wehen, und ich hätte sie auf der Stelle in die Arme schließen, in die Höhe heben, küssen, küssen mögen bis zum eigenen Vergehen. Aber sie bewahrte bei alledem eine gewisse, nicht kalte, aber schüchterne oder furchtsame Zurückhaltung, und ihre Hand ruhte regungslos kühl in der meinen, wenn wir uns begrüßten oder verabschiedeten. Auch ich selbst vermochte in Worten ihr nicht zu sagen, was in mir vorging. So lange die Worte nicht ungerufen ungezügelt auf die Lippen schießen, und so lange ich mir die Redewendungen noch überlegen muß, in denen ich von diesen schwellenden Herzenskräften reden soll, so lange, glaube ich, sind bei mir die Worte noch tönendes Erz und klingende Schelle, und eine »Liebeserklärung« wäre schlaue Lüge. Daher überließ ich mich zumeist dem Zauber ihres Mundes, und wenn ich sprach, so waren es Worte gleichgültiger Art. So wurden wir einander Freund in langsamer Entwicklung. Es kommt mir jetzt vor, wie wenn wir uns langsam in ein tausendmaschiges Netz, hin und herspielend wie arglose Fische, verfangen hätten, bis plötzlich ein Ruck uns eng zusammenschloß in gemeinsame, goldene Gefangenschaft; – Du kannst von diesem Gesichtspunkt aus vielleicht eine wunderbare Erklärung der netten Fabel von Mars und Venus geben. Wann geschah dieser Ruck? Ach es war ein göttlicher Tag! Als ich früh erwachte, saß mir schon im Herzen ein jubelndes Wohlgefühl. Nicht wie sonst tauchte ich manierlich gelassen meine Hände in das Waschbecken, sondern ich fuhr hinein, als wollte ich einen Hechtsprung in den großen Ozean riskieren; alles, was an Melodieen in meinem Kopf aufgespeichert war, drängte sich heraus auf die Lippen, aber ich sang jegliche Melodieen fast auf das einzige Textwort Josephine; meine Pandektenmappe schloß ich unter den Arm, wie wenn es meine gesammelten Gedichte wären in 50. Auflage mit Goldschnitt und 20 Seiten lobendem Kritikanhang; meinen Hut stülpte ich mit der Energie eines Betrunkenen auf den Kopf. Draußen lachte mich alles an: der Himmel erschien mir so unergründlich tief und blau, so lachend die Sonne, und der Wind so frisch und heiter wie nie vordem. Selbst die verschlafenen Dienstmädchen, die beim Frühstückholen sonst nicht vergnügt auszusehen pflegen, lachten mir gerade ins Gesicht, – vielleicht lachten sie mich aus, weil ich gar so heiter einherschritt und sie an meiner Nüchternheit zweifelten. Und wie erschien sie mir an diesem glücklichen, goldenen Tage! Ich ergriff ihre Hand so fest, daß sie mich erstaunt ansah, und ein seltsames, befriedigtes Lächeln glitt dabei über ihr Antlitz. Ich aber ließ ihre Hand nimmer los, und da drückte sie auch die meine fester. So gingen wir schweigend eine Weile in den Wald hinein. »Wir sind eins, wir sind eins!« so tummelte es in meinem Herzen, aber ich fand keine Worte, und nur mein Auge lag auf ihr gebannt wie von einem flimmernden Scheine. Ist es nur jetzt meine überquellende Empfindung oder war es mir wirklich so: ihre Gestalt erschien mir farbig umrändert, wie ein Bild durch Glas betrachtet, umflossen von einer zitternden, weichen Gloriole. Ihr Auge war gesenkt, ihre Brust ging leise schnell. Da plötzlich schlug sie ihren Blick auf zu mir: wie ein glänzender Lichtwirbel umschlug es mich, meine Augen gingen mir über, und meine Arme umschlangen sie mit einem Male gewaltsam –, mein Mund lag auf dem ihrigen. Mir kommt es vor, als hätte das eine unbestimmte, ewige Frist gedauert, ohne Anfang und ohne Ende, eine Zeit für sich, ganz aus der übrigen heraus. Wie ich zu mir kam, war es auch wie das Erwachen aus einer Ohnmacht. Wir gingen wortlos nebeneinander her, eng aneinander, wie auf ewig verbunden –, ich hatte sie zu meiner Braut geküßt. Liebreich blickten wir uns ins Auge, aber wie erstaunt. Das Vogelsingen über uns tönte in unserem Herzen wieder wie der Nachklang unserer Seligkeit. Gepriesen seien diese kleinen Sänger, die unsere Gedanken ausdrückten, ohne daß wir zu sprechen brauchten. Denn offen gestanden, Worte waren mir jetzt so schwer, wie ehedem trigonometrische Formeln schauderhaften Angedenkens. »Bist Du mir böse?« war nach langen Minuten mein erstes Wort –, ein unbegreiflich unsinniges, wie Du behaupten wirst, aber es war eine Eingebung des Himmels. Obwohl ich selbst nicht recht wußte, was es bedeuten sollte, so verstand sie doch den Kern der Frage genau, und das erste trauliche »Du« nun auch aus ihrem Munde leitete ein fröhliches Geständnis ihrer Liebe ein. Du siehst, wie brauchbar, nützlich, ja oft notwendig ein bißchen Unsinn ist. Dank meiner blöden Bemerkung gelangten wir aus den überirdischen Regionen unserer Seligkeit zurück auf die Bahnen gemächlichen Wortaustausches, und im ruhigen Reden floß uns nun gegenseitig die stille, friedliche Bestätigung dessen zu, was wir vorher in Sturm und Taumel uns auf die alte wortlose Mundart der Liebe gesagt hatten.

Von nun an begann eine Zeit engen Zusammenseins. Früh schmiedeten wir die Pläne zu irgend welchen gemeinsamen Unternehmungen, abends führten wir sie aus. Josephine stand in Berlin allein da. Nichts hinderte sie, sich ganz dem Egoismus meiner Liebe zu widmen. Auch war der letzte Rest jener scheuen Zurückhaltung gewichen, welche mir anfangs an ihr auffiel – rückhaltlos war sie mein eigen, ohne vieles Sträuben und Zieren. Bald kletterten wir zusammen die Treppen meiner Mietskaserne hinauf, und ich führte sie gravitätisch in meine »Gemächer« ein. So benannten wir meine Bude, die aus Stube und Kammer bestand. Der ganze Qualm von Ungemütlichkeit verflog aus diesen mir sonst so widerlichen Mietsräumen. Sie waltete darin wahrhaftig wie eine Fee. Was sie anfaßte, umgab sich meinen Augen förmlich mit Glanz, und bald erschien mir mein Zimmer, eine jener echten Studentenbuden von abgeschabter Eleganz auf Pump, so luftig und licht und heiter-rein, wie nur irgend eine Gretchenstube. Wie recht hat doch der Kenner verliebter Herzen, Mephistopheles, mit seinem Ausdruck von der Geliebten »Dunstkreis«. Abgeschmackte Narren mögen das für cynisch erklären, ich finde es ganz natürlich.

Oh du Litteraturkundiger! Borge mir ein paar klassische Idyllen zur Schilderung meines Glücks, aber ohne Schalmeienklang und Schafherden natürlich, selbstverständlich auch ohne Postillen und Schlafrock. Josephine entwickelte die herrlichsten Eigenschaften. Sie war meine Geliebte, mein Freund, mein mütterlicher Schutzgeist, meine Frau zu gleicher Zeit. Schüttle nicht Dein philologisch solides Haupt! Es mag im allgemeinen richtig sein, daß die Weiberwirtschaft nach französischem Muster nicht ins Studentenleben paßt, und ich habe Daudets »Sappho« auch gelesen. Aber mein Fall war gesund und gut. Nie habe ich mehr gearbeitet, nie saß ich mehr in dem mir an sich widerwärtigen juristischen Studium. Wenn ich früher an meinem Schreibtisch war und irgend eine Rechtsmaterie mir einzuprägen trachtete, wie schal und gewöhnlich erschien mir da die gezwungene Kost. Nach jedem Satzpunkt erschien mir die Zeit mit diesen Dingen weggeworfen, mein Geist sehnte sich beständig nach einer freieren *palaestra musarum* und fast immer war das baldige Ende dieser Beschäftigung, daß ich mir Trost erholte bei irgend einem Herrscher im Reiche Apolls. (Dieser schöne Ausdruck Dir zu Liebe, mein guter Philologe.) Jetzt war mir Josephine die einzige Poesie und die ganze Schönheit. Der Gedanke an sie versüßte mir den hefigen Trank der Rechtsgelahrsamkeit und stärkte mich im Pflichtgefühl; denn es schien mir, als ob ein wenig Plage des Tages mich erst recht zu den Genüssen des Abends berechtigte. Raffinement verliebter Genußsucht, – aber praktisch in der That. Du darfst nun aber beileibe nicht denken, daß wir Hausväterchen und Hausmütterchen, kurzum Lieb-Philisterchen miteinander spielten. Unser Zusammenleben war eine Idylle im stillgemächlichen Sinne eigentlich nur, so lange wir unser gemeinsam eingekauftes Abendessen miteinander verzehrten. Da ließ sie es sich freilich nicht nehmen, mit der leisen Geschäftigkeit einer kleinen Hausfrau das Ganze zu ordnen und zu leiten. Was ich mir sonst in einer Papierumschalung heimbrachte, auf einen Teller warf und mit wenig Genuß lesend verzehrte, das arrangierte sie, weiß der Kuckuck mit welchem besonderen weiblichen Sinne für die Ästhetik des Speisetisches zu einem so liebenswürdigen Ensemble, daß es mir zum Feste wurde, so zu essen. Es war das gemütlich einleitende Vorspiel zur kommenden Hauptaktion. Wir saßen da bei Tische sehr respektvoll von einander getrennt, tranken uns zeremoniell zu, wie die jungen Leutnants den Herren Vorgesetzten im Kasino und amüsierten uns mit steifnachgeahmten Höflichkeiten.»Dieses chinesische Schwalbennest kann ich Ihnen sehr empfehlen, meine Gnädige; direkt aus Hongkong, zerfließt wie Vanilleneis auf der Zunge,« sagte ich und gab ihr ein Stück rohen Schinken.»Ach nein, ich liebe diese exotischen Genüsse nicht und nehme höchstens mal gerne ein Stück von diesem vorzüglichen sibirischen Steppenhuhn da,« entgegnete sie, mir lachend ihre kleinen, weißen Zähne zeigend und eine Scheibe geräucherte Gänsebrust anspießend. Du findest das natürlich kindisch, ich aber sage Dir, es war göttlich, meinetwegen olympisch. Es waren die kleinen Plänkeleien zu dem folgenden Haupttreffen, hartnäckigen Nachtgefechten voll gegenseitiger Aufopferung.

Stopf' Dir die Ohren, mein klassischer Odysseus; denn jetzt gedenke ich Dich mit Sirenenklängen von der glatten Bahn Deiner Syntax zu locken. – Durch die geöffneten Fenster klangen von drüben her abgerissene Harmonien des Konzertes aus dem Ausstellungspark, die dunkle Nacht schaute ernst und weich ins Zimmer. Josephine hatte nach Tisch ein für allemal jenes Möbel meiner Ausstattung in Besitz, das wir stolz und schön» *le fauteuil d'amour*« benamst hatten. Ich saß neben ihr auf einem weniger »feudalen« Subsellium, das aber den Vorteil hatte, so niedrig zu sein, daß ich bequem meinen Kopf in ihren Schoß legen konnte – auf einer Fußbank nämlich, gerade so, wie ich einst zu Füßen meiner Mutter gesessen, wenn sie mir Lieder vorsang, als Kind. Wie recht hat doch der dicke, melancholische Danenprinz, wenn er meint, daß es ein schöner Gedanke sei, zwischen – aber halt, ich besinne mich, daß keusche Regisseure diese Stelle stets zu streichen pflegen, und, außerdem, bei mir handelt es sich nicht bloß um Gedanken. Doch Du kannst Dir immerhin die Situation auf unserem *fauteuil d'amour* so vorstellen, wie jene Szene im Shakespeareschen Stücke, nur pflegte ich mich ein wenig kräftiger in meiner Ophelia Schoß zu drücken. Unvergeßliche Lage! Rückenübergebeugt lag ich wie in einem warmen Neste, über meinen Augen leuchtete ihre weiße Stirn, glänzten entflammt und doch so fraulich-weiß ihre rührend-lieben Augen. Ihre Flechten hatten wir vorher gemeinsam gelöst und nun fluteten sie in braunen, warmen, duftigen Wellen über mich herab, ganz nestwarm mich einhüllend. Selbst wenn ich die Augen schloß, fühlte ich förmlich die Wärme ihres Blickes auf mir ruhen, sah das ganze, liebe Madonnenbild über mir, aber meine aufwärts tastenden Hände fühlten ganz leibhaftig hold die Konturen der warmen, wogenden Brust, und wie eine holde Überraschung des Himmels senkten sich ihre weichen, heißen Lippen auf die meinen. Damals lernte ich, was weltvergessen heiße im Schoße eines Weibes, und wie in Nichts Streben und Leben und Wollen versinkt in der Gewährung der Liebe.

Wie war mir früher Antonius schwach und verächtlich erschienen in den Banden der braunen Kleopatra. Jetzt fühlte ich ihren frühlingswarmen Atem mich umhüllen, und alle Stürme meines Innern, all' mein Streben, thatkräftig aufzugehen im Wesen des Zeitgeistes, beschwichtigten sich, linde vergehend; ein Streicheln von ihrer kleinen, warmweichen Hand heilte wie eine segnend aufgelegte Heilandshand allen Schmerz und alles Elend des unruhigen Herzens. Nur eins lebte in meiner Seele, ein rühriges, mächtiges Leben, flammenkraftig und flammenbeweglich, die Leidenschaft zu ihr –, ein überschwängliches Drängen von Geist und Leib, eine brausende, hebende Elementargewalt, der jeder Blutstropfen meiner Adern gehorchte.

Glaube, nicht, Du Tiefgelehrter und Vielbelesener, daß Du dieses Mysterium der auf einander brennenden Menschenleidenschaft irgendwo beschrieben fändest in seiner ganzen gewaltigen Naturwahrheit. All Deine Erotiker, und auch die kühnsten und gemütskräftigsten, – an diesem Problem sind sie alle gescheitert, wie die Philosophen am letzten Grund der Dinge. Ewig streben sie darnach und werden darnach streben, so lange ein dichterisches Feuer in einem Menschenherzen loht und drängt zur Nachschaffung menschlichen Lebens in der Kunst; aber sie werden dieses göttliche Symbol des Ursprungs aller Wesen nie in voller Wahrheit in die Sprache fassen können. Aus dem philosophischen Streben nach Erfahrung des Ersten, Ewigen ging für die Schwachen das begrifflose Wort »Gott« hervor, aus dem dichterischen Streben nach Bewältigung des großen Problems der Liebe entstand schließlich unsere saftlose Kastratenlyrik. Die kräftigen Geister aber wenden sich mit Verachtung oder Mitleid von diesen kläglichen Surrogaten ab. Sie, die selbst genossen haben, entweder den ernsten, tiefen Reiz denkenden Sichversenkens in die Welt des Unaufgeklärten, oder die stürmische Vollbewegung der Liebe, sie können sich nicht genügen lassen an spielenden Verschleierungen und billigem Wortwesen, – ihnen glüht ja die Erinnerung des Genusses, der Wahrheit im Innern als das Heiligste in ihrem Leben. – Aber giebt es solcher Geister viele? Blicke um Dich und siehe zu, was aus der »Liebe« gemacht wird. Verschwommene Rührseligkeit nach Art der schauderhaften Syruplyrik in Goldschnitt, oder schlaugemeine Spekulation der Sinne und des Geldbeutels: Liebesstümper oder Liebesschänder ringsum. Von einem der letzteren soll der nächste Brief handeln, das letzte Kapitel der Geschichte

Deines Richard.

III.

»Oh Liebe, himmelhohe Riesenlohe!« singt der große Ungar Petöfy. Du lebst ja mitten in der modern-philologischen Scheidekunst, lieber Max, die groß darin ist, die alten und neuen Dichter hübsch säuberlich auseinander zu setzen, jede Methapher, jedes Bild mit chemischer Genauigkeit auf seine Bestandteile zu untersuchen, um schließlich ihr gestrenges *placet* oder *displicet* abzugeben. Ich empfehle Dir für diese interessante Methode jenes Petöfysche Gleichnis oben – aber Du mußt freilich nicht bloß was gelernt, sondern auch geliebt haben, um es zu beurteilen. Ich für meine Person, der ich weniger gelernt als geliebt habe, muß gestehen, daß das Bild ganz vorzüglich ist. Zumal, wenn man das Ende von Liebe und Feuer bedenkt. Die Flamme des menschlichen Liebesglücks, das jubelnde, brausende Feuer, schau –: entweder sinkt nach mächtigem, glutendem Leben die Riesenlohe gemach in sich zusammen, glimmt still, eine Weile von Asche bedeckt, noch weiter, und dann vergeht sie in Kälte oder aber es fährt ein breiter Wasserstrahl des Schicksals jach in sie hinein, während sie gerade am herrlichsten zum Himmel emporschlägt, und zuckend, prasselnd, dampfend versinkt sie mit einem Male. Und der Rest? Im ersteren Falle ein reinliches Häuflein ausgebrannter Asche, des Lebens Stürme blasen hinein und raschelnd verstiebt sie; im letzteren eine Pfütze schmutzigen Schlammes. Siehst Du, mein Lieber, mit solchem Bilderwerk erlustiert sich Einer, dem es schlecht gegangen im Reiche der goldenen Aphrodite, oder besser gesagt, den man aus diesem Paradiese unzart getrieben, wie einst unser Urelternpaar. Im alten Bild zu bleiben: mein Glück ist mir schleunig verlöscht worden, und der Schlamm ist nicht ausgeblieben.

Um die Mitte des Juli, nachdem wir uns in unsere Liebesidylle recht warm und weich eingelebt hatten, mußte Josephine auf einige Wochen in ihre Vaterstadt zu Verwandten. Das war eine alte Einrichtung, die sich durchaus nicht bei Seite schieben ließ. Wir waren auch gar nicht wehleidig angesichts dieser Kunstpause unserer Liebe, denn wir meinten sicher, daß all die Klarinetten und Geigen der Lust um so vergnügter einfallen würden, wenn sie überstanden sei. Wir hielten ein feierliches Abschiedsamt mit einigen hundert Küssen, stellten in gravitätischen Predigten die ganze Sache als selbst auferlegte Kasteiung der sündigen Leiber und Seelen dar, ermahnten uns im schleimigsten Traktätchenstil recht brav und züchtig zu sein in Gedanken, Worten und Werken, drückten uns dabei, daß es schier lebensgefährlich wurde, – kurz, wir trieben allerlei Possen nach unserer verliebten Art. Aber es war seltsam, – diese Ausgelassenheit war wie verflogen, sobald wir meine Wohnung verlassen hatten. In der Droschke, die uns zum Bahnhof brachte, waren wir schon wortkarg, im Wartezimmer fühlten wir uns beide bedrückt, ängstlich, als wollte sich uns Schlimmes nahen, und als Josephine in den Wagen stieg, vermochte sie ihre Thränen nicht zurückzuhalten. Wir küßten uns noch einmal, ich fühlte die Nässe ihrer Thränen auf meinem Gesichte und hörte ihre Worte: »Bleibe mir immer gut!« Es war mir tiefschmerzlich zu Mute. Ihre Hand hielt ich so lange in der meinen, als es möglich war; der Zug bewegte sich fort, unsere Augen ruhten ineinander, so lange er noch zu sehen, und auch als er ganz entschwunden war, blickte ich den Schienenweg entlang. Ein Gefühl von Verlorenheit, Einsamkeit, Leere war in mir. Ich ging nach Hause wie ein Träumender. Ach Gott, wie öde! Ich setzte mich vor den Schreibtisch und blickte ihr Bild an –, verworren zog es in meine Seele. Ich raffte mich gewaltsam auf, verschloß ihr Bild, und dachte mich ins Strafrecht zu stürzen. Aber wie Marlowe's Dr. Faustus fand ich jetzt, daß das ein Studium sei, höchstens für einen Lohnknecht gut. Die Paragraphen klapperten mir unendlich widerwärtig in den Sinn ... »Zuchthaus, Gefängnis, Festung, Ehrverlust, Milderungsgründe« ... hol's der Teufel! – Ich versuchte es nacheinander noch mit der Zivilprozeßordnung und dem Handelsgesetzbuch, aber geradezu ein Haß überkam mich gegen Kontokorrentvertrag, Handelskauf, Tausch u. dgl. – unausstehlich ledern und sündhaft niederträchtig kam mir das alles vor. Ich merkte jetzt, daß ich alles dies in letzter Zeit nur getrieben aus einem Raffinement des Gegensatzes. Vielleicht ging es morgen besser, jetzt fühlte ich mich unfähig für die Materien beider Rechte, ein Trieb nach äußerer Zerstreuung war in mir, wie immer, wenn das leere Herz nichts eigenes bietet. Gegen zehn Uhr setzte ich mich auf die Stadtbahn, um nach der Friedrichstraße zu fahren. In normalen Verhältnissen vermag schon diese Fahrt zu zerstreuen – über Straßen hinweg, durch Höfe hindurch, unzählige Lichter von elektrischen, Gas-, Petroleumlampen rechts oder links. Mich brachte das Gewirre noch mehr in Unruhe. Ekelhaft kam mir das Alles vor, ich glaubte plötzlich mitten hineinzusehen in eine widerwärtige Wahrheit, die hinter dunkler Maskenlüge steckte.

Es war strömendes, heißes Sommernachtsleben auf dem Fahrdamm, Wagen eng hinter Wagen, gezogen von den unglückseligen Droschkengäulen Berlins, die gewiß zu den beklagenswertesten Wesen dieser besten aller möglichen Welten gehören. »Ach, wir armen Droschkengäule!« ging es mir durch den Sinn, – aus einem Liede, das ich irgendwo einmal gehört. Mitgeschwommen in dem Strome. Eine kleine Braune mit ganz schwarzen Augen stieß mich wie aus Versehen, sagte pardon und wendete mir ein reizend blasses Gesicht zu. Wie hübsch, dachte ich, und wollte schon zu reden beginnen, da packte mich Zorn und Ekel mit einem Male so wild, daß ich in schneller Wendung auf die andere Seite ging. Die Kleine wird wahrscheinlich an Dalldorf gedacht haben. Ich ging hinauf ins Café Bauer, setzte mich auf den Balkon und blickte hinaus auf das wogende Leben da unten. Alles lief da paarweise, wie mir schien. Die aufgedonnerten Weibsbilder mit ihren blödsinnig grinsenden Galanen waren mir unendlich widerwärtig. Sonst freute mich der Strudel; heut' konnt' ich es nicht mit ansehn. Lesen also. – Kostbar, da stand im Feuilleton einer Tageszeitung ein Stück »Berliner Roman«. Die Personen waren alle wie Figuren aus Zuckerguß, die man in den Schaufenstern der Konditoreien sieht. Das amüsierte mich eigentlich. Unsere ganze ernsthafte Litteratur kommt mir überhaupt furchtbar komisch vor. Aber andauernd konnte ich das Zeug doch nicht lesen. Fort also wieder, irgend etwas sehen, hören, – ach, wie elend leer ich mich fühlte. Eben als ich auf das Trottoir heraustrat, kam mir Freund Rühl entgegengezogen, natürlich mit einer ganzen Bande hinter sich her, – alle betrunken – »wie die Fässer der Danaiden«, drückte sich Rühl aus und fragte mich beständig, ob das Wort nicht wundervoll wäre. »Also jetzt wohin?« schrie der kleine Beyer, der kein Frauenzimmer sehen kann, ohne aufgeregt zu werden und im Geiste seine Barschaft zu zählen. »Ich hab 'nen Vorschlag,« brüllte ein mir Unbekannter, »geh'n wir wieder mal ins Pensionat national zu den kleenen Mächens.« Beyer war sofort lebhafter Anwalt für diese Idee. Rühl protestierte zwar, es gäbe dort ein Gesöff, das nur ein Huren- oder Louismagen vertragen könnte, aber man packte ihn und schleppte ihn mit. Auch ich war in dem wankenden Zuge. Café National – wie lange hatte ich diesen Berliner Weibsenmarkt nicht mehr gesehen. Und an jenem Abend, Josephine eben fort – ich dahin! Wenn ich jetzt daran denke, Max, möchte ich an Vergeltung glauben. Weshalb ging ich denn? – –

Das traurige Bild in dem Lokal berührte mich trüb, – die alte Gallerie bemalter Frauenköpfe, – die alte frech und grell aufgedonnerte Bordell-Eleganz, der bekannte Mischgeruch von Parfüm, Kaffee, Zigarren, Menschenschweiß, und natürlich auch der übliche Spießrutenlauf durch die geschäftsmäßig aber nicht sehr höflich sich anbietenden Frauenzimmer. – Endlich vorbei.»Hier, meine Herren,« lud der grünlich blasse Kellner ein,»vorzügliche Aussicht hier.« Aussicht = Auswahl.»Der Platz ist gut,« sagte Rühl,»wir haben drei Riesendamen *en vue* und nun weiß Beyer wenigstens, in welchen Schooß er sein schwarzes Lockenhaupt zu legen hat. Die berühmte Adelheid ist nämlich drunter. In der Monatsrechnung für seinen Alten steht sie immer mit 20 Mark unter der Rubrik: Theater, Konzerte und Vergnügungen.«»Laß doch in aller Welt Dein dummerhastiges Reden,« sagte Beyerchen und setzte sich neben die Dicke. Die Übrigen zerstreuten sich bald, und so saß ich denn wieder allein und konnte mit Muße beobachten, in welche Fülle von Schweinerei sich unsere gestrenge Moral auslädt. – –

Am Nebentisch, in Gesellschaft einiger mir unbekannter Studenten saß Wimberg, den Du auch kennst, das verkannte Genie, der Don Juan schon in der Schülermütze, der Dienstmädchen poussierte und naiven Seelen geheimnisvolle Geschichten von Lehrersgattinnen erzählte, deren Herzen in seinen Primanerlocken gehangen und im Feuer seiner blödsinnigen Augen zu Butter geschmolzen waren. Diesen Hund haßte ich von jeher, wie er mich, – er konnte mir auf der Schule nie verzeihen, daß ich ein besseres Deutsch schrieb, als er, und er war mir widerwärtig, wie alle die eingebildeten Krüppelnaturen, die nur das Eine verstehen, sich in Scene zu setzen. Aus diesem Häkchen ist ein gewaltiger, klirrender Haken geworden, ein niederträchtiger Lump in Worten und Werken – äußerlich natürlich »feudal«. Als wir in der ersten Zeit unseres Studiums noch miteinander verkehrten, wenngleich auch nur förmlich und er lediglich zu dem Zwecke, sich mir ab und zu in einer interessanten Pose zu zeigen, erzählte er mit einemmal, er sei überzeugter Nihilist und sein Lebenszweck bestehe darin, Verhältnisse mit jungen Witwen anzuknüpfen. Sein Nihilismus war großmäulige Absprecherei, die auf Denkfaulheit beruhte, sein Geschwätz von der in ihn vernarrten Legion junger Witwen war frecher Schwindel. Er betrieb zwar den Frauenfang systematisch mit der schamlosen Konsequenz des durch und durch verdorbenen Halunken, aber er wurde gewöhnlich mit Ohrfeigen heimgeschickt und mußte sich an die allergemeinsten Priesterinnen der Bargeld liebenden Göttin halten. Als er mir wiedermal eine Stunde lang falsch verstandene Brocken aus Nordaus »konventionellen Lügen« wiedergekäut und zwei alberne Romane von bezwungenen Witwen vorrenommiert hatte, sagte ich meine Meinung kurz und gut, und seitdem artete sein Haß gegen mich in lauernde Feindschaft aus. Ich war wie von einer Last befreit, als ich seines Verkehrs ledig war. Ein eitler Bekannter weniger ist besser, als ein schuftiger Feind mehr. Und dennoch, wie hat mich seine Feindschaft getroffen, – an diesem Abend. Kaum hatte ich Platz genommen, da merkte ich schon, daß die Leute seines Tisches sich mit unverschämtem Lachen nach mir umwandten, aber ich drehte ihnen den Rücken und gedachte, den ritterlichen Anulkungen dieser jungen Gemüter keinerlei Aufmerksamkeit zu widmen. Die Zeiten sind gottlob vorüber, in denen auch ich es für forsch hielt, mit »dummen Jungen« um mich herum zu werfen und mit stolzer Steifheit Visitenkarten als Anweisung auf spätere kommentmäßige Prügel auszuteilen. Aber das Gesumme an jenem Tische dauerte an und machte mich doch nervös. Wimberg leitete den Chorus, laut fing er gewöhnlich an, senkte seine Stimme, bis ich nur noch meinen Namen hörte und flüsterte dann ganz leise. Darauf dann eine brüllende Lachsalve. Ich versuchte, nicht zu hören und band schließlich mit einem noch jungen, netten Ding ein Gespräch an, lauschte aber doch unbewußt. Eintönig erzählte mir die Kleine die bekannte Geschichte, wie sie verführt und schließlich so weit gekommen sei. »Jetzt is mir Allens schnuppe. Nu komme ich so nich mehr raus aus 'n Dreck. Na, und wär'sch etwa nich netter, als wie als Mädchen für alles, egal Haderlump für die Gnädge, die ooch gerne mal von 'nen Anderen ...« Da auf einmal klingt hinter mir von dem Tische der Name Josephine her. Wie ein im Stechen umgedrehtes Messer saß er mir im Herzen. Mit einem Ruck hatte ich mich umgewandt. »Na, was is denn mit Dir?« hörte ich noch die Kleine, während ich der hochrot gelachten, mich anglotzenden Schar ins Gesicht starrte. Wimberg sah auf seine Kaffeetasse und rührte lächelnd mit dem Löffel. »Was kann das sein! Was kann das sein!« stieß es in mir hin und her. Alles Blut schien mir in den Kopf gestiegen zu sein, in meinen Ohren dröhnte es, die Kleine zog mich beständig am Arm. Auf einmal, durch das Dröhnen hindurch, schneidend die Stimme von einem der Leute: »Also dem seine hast Du gehabt? Wie?« Und dann, ich weiß nicht, so furchtbar gedehnt: »Na ja, was denn? Natürlich! Die kleine Josephine aus der Zimmerstraße. Fufzig mal – ohne allen Apparat. Was ist sie denn weiter als eine ...« Da hob es mich in die Höhe und mit einem Satze war ich an dem Tische. Alles um mich verschwamm, wie an jenem Frühmorgen im Tiergarten, als ich sie zum erstenmale küßte, und nur das rote eckige Gesicht des Halunken sah ich vor mir. Da hinauf sauste meine Hand, daß es laut durch den Saal klatschte. Ein Gebrüll von ihm, tobendes Gewühl um mich herum, Weiberkreischen, Stimmen der Kellner und des Wirts. Mit einem Male dann war alles klar für Blick und Ohr. Er machte einen Versuch, sich auf mich zu stürzen, aber man riß uns auseinander und wir wurden aus dem Lokal hinausgedreht, umheult, umtobt, umkreischt von hundert Weiberkehlen. Auch die Kleine von nebenan stand mit uns vor der Thüre. Nach dem gewöhnlichen Kartenwechsel, und nachdem meine Genossen eingesehen hatten, daß ich für den Abend nicht weiter zu brauchen sei, schieden wir. Schilde entfernte sich zuletzt und sagte: »Na, da tröste Dich mit dem kleinen Mistkäfer hier. Die guckt Dich unglaublich verliebt an. Für 'nen Helden machst Du's billiger, nich, Schatz?« »Ach machen Sie, daß Sie wegkommen, erwiderte sie«, und zu mir: »Na, komm mit, Kleiner! Das hast Du recht gemacht. Was is es denn eigentlich mit der Josephine?« – Siehst Du, lieber Max, der brave Ferdinand in »Kabale und Liebe« hat schon recht: »gutmütig sind sie alle«, und »man rühmt das Mitleid als die Tugend der Freudenmädchen« heißt es richtig in der »Fröhlichen Wissenschaft« Friedrich Nietzsche's. Die Kleine hatte wirkliches, weiblich gutes Interesse an der Sache, und ich war so ausspruchsbedürftig, daß ich, mit ihr zusammen gehend, ihr alles erzählte. »Aber schieß Dich nicht mit dem Lump. Wenn sie wieder kommt, is alles gut. Was schadt's denn, wenn se auch schon 'n mal ..« Eine tiefe, dumpfe Trauer kam über mich. Ich bat die Kleine, die sich Alice nannte, mich allein weiter gehen zu lassen, als wir an der Siegessäule waren. Eben schlug es ein Uhr. Die Viktoria der Siegessäule schimmerte unbestimmt weich herunter, an die Figur einer byzantinischen Tänzerin erinnernd. »Also man nich schießen!« sagte die Kleine noch und verschwand. Ich blickte ihr nach. Ein Herr im Zylinder redet sie an, sie haken sich ein. Ich mußte lachen, – jetzt erzählte sie ihm die ganze Mordgeschichte. Ja, ja, – die Mordgeschichte. Hat der Schuft nicht auch mein Glück gemordet? Wie nachtwandelnd ging ich, schwankend. Verdoppeltes Fühlen beherrschte mich, Josephine erschien mir wie etwas ganz Fernes, Verlorenes, – mir kam es vor, das alles sei aus einer lange entschwundenen Jugend. Seltsam, – mein erstes Gedicht fiel mir ein und die, der ich es damals geschrieben nach einem kindischen Tanzstundenzank als Sekundaner. Nun ging's auf Josephine. »Nun liegen Nebel zwischen uns, Feinsliebchen,« ging der banale Stoßseufzer an, und der zog mir jetzt durch den Sinn, unausrottbar. Noch als ich bereits im Bette lag, waren mir diese Worte im Herzen, wie eine im Schlummer gelegene Kindheitsmelodie, die plötzlich im Innern leise und schwebend aufklingt und in immer weiteren Kreisen sich ausbreitend, immer weiter tönt, immer weiter tönt.

Als ich mich am nächsten Morgen erhob, war mir wie nach einer wüsten Nacht. Ich mußte mich besinnen. Ach so. Es war mir klar, was kommen mußte, aber nicht leid. Denn eine unaussprechliche Wut lag mir im Herzen wie ein dicker Knäul. Und wie ein schwärendes Gift fraß sich hinein die Frage: Hat er wahr gesprochen? Mit Verzweiflung drängte ich diese Frage immer wieder zurück und wollte mich festhalten am Zorn. Aber immer hob sie ihren giftig schielenden Schlangenkopf wieder in die Höhe ... Und wenn er die Wahrheit gesagt hätte ...?

Ich setzte mich hin und schrieb ihr einen Brief: wütende, weinende Fragen. Aber ich zerriß ihn wieder. Was ist das für eine Schuld? Wo der Stein gegen sie, wenn es so wäre? Aber es ist, es ist nicht so! Er hat gelogen, der Lump, wie immer. Diese Art Schwindel-Don Juans genießen nur mit dem Maule. Wenn aber doch ... wenn aber doch?! – Ach, es kam nicht darauf an; ich fühlte es: so oder so – es war vorbei. Den Gedanken an einen beliebigen Anderen hätt' ich ertragen, aber diese grinsende Visage drängte sich trennend zwischen sie und mich. Ihr Bild war befleckt und verzerrt, mein Denken zerrissen, mein Fühlen zu ihr zerstampft. Schmutz überall und stickende Nebel aus Schlamm. – Und in mir selbst quoll es wie Schlamm und stieg dunstig daraus auf: alles Böse, Bittere, Gewaltthätige. Wild-nächtig, gierig lechzend, lechzend dampfte es aus der Tiefe. Die Liebe hatte darüber leuchtend gelegen wie Sonnenschein, der das Dunkel hinabscheucht und wärmend tötet, – nun aber zeigt es seine gierzitternden Klauen und sein Keuchen kam kochend heiß. – Laß mich darüber hinweg. Ich weiß es nicht zu sagen. Nur von dem guten, ehrlichen Zorn will ich reden, der mich ergriff und erhob.

Nicht ihn allein hätte ich erschießen mögen, diesen wasserköpfigen, borniert gemeinen Renommisten der Liebe, nein, die ganze Heerde dieser gefühlsrohen, selbstzufriedenen Geldsackmenschen, die feist und frech durchs Leben trampeln, rindviehschwer und rindviehdumm, rechts und links niedertretend, was von edelster Bildung ist, alles schön Menschliche, geistig Freie, alles Herzensechte und Herzensreiche besudelnd mit dem eiter-fauligen Atem ihrer niedrigen, begehrlich glotzenden Bestialität –: sie Alle, sie Alle vor meine Mündung! An einen Sankt Georg aus Proletarierblute dachte ich da oft. –

Du schüttelst den Kopf über diese Eruptionen und scheidest mit gütiger Freundschaft Festes und Falsches in ihnen. Ich gab sie Dir, damit Du das Ganze und Einzelne meiner damaligen Stimmung erkennen magst. – Mitten in diesen Sankt Georgsgedanken kam Wimbergs Kartellträger. Du kennst den steifkomischen Zopf. Unreife Knaben (ich denke nicht an die Jahre) entledigen sich da totwichtigster Dinge mit den Schablonenmanieren von *Commis voageurs*. Also in Kürze: es ward die Forderung gestellt und angenommen auf fünf Schritte Barrière mit dreimaligem Kugelwechsel. –

Am selben Tage fand das Ehrengericht statt. Alles ging an mir vorüber wie eine Wandeldekoration. Das Ehrengericht bestand aus äußerst respektablen Persönlichkeiten, denen der Beruf zur Prüfung von Ehrenhändelsachen auf den Stirnen, Backen, Nasen, Lippen, Ohren, sowie auf der Kopfhaut geschrieben stand, – insgesamt zählten sie gewiß dreihundert Schmisse. Rechne auf jeden Schmiß zehn »Nadeln« (gewiß nicht zu viel, denn die kleinen »Krätzer« zahlte ich ohnehin nicht), so ergiebt das die ansehnliche Summe von dreitausend, und ich darf wohl mit Stolz sagen, daß ein ganzes

Paukbuch zum Verdikte bereit war über meine Ehre, die in der That von honorigen Händen gewogen wurde.

Die Forderung wurde natürlich genehmigt.

Im Vorzimmer der Korpskneipe, in der das Ehrengericht stattfand, sah ich auf einen kurzen Augenblick Wimberg. Sein Anblick brachte mein Blut zu neuem Aufwallen. »Morgen früh um sechs!« war mein einziger Gedanke.

Das Ehrengericht war etwas nach vier Uhr beendigt – wie im Trab ging alles, fabelhaft kommentmäßig.

Als ich auf die Straße hinaustrat, fühlte ich mich plötzlich so vereinsamt, lebensferne, wie hinausgebannt aus aller Liebe. Der Gedanke an zu Hause war schuld daran, dieser Gedanke, der aus heißem Herzen hinauf stieg ins Gehirn und dort mit kalter Entschlußkraft niedergedrückt ward. Nicht *daran* denken, nicht daran! Und alle Bitternis aus geschnürtem Empfinden warf sich auf Josephine. Wie ein Wutwirbel durchkältete es mich mit Haß gegen mein Liebstes. Hoho, Feinsliebchen, warte; Du sollst auch Deine Pille haben, süße Turteltaube. Ins Herz will ich Dir speien, meine Holde, ins Herz, in dem jener Lump gesessen, den ich morgen wo anders hin befördern will, *Dein* Wimberg. O scheußlich, scheußlich! Und ich raste in eine Poststelle und schrieb mit fiebernder Hand quer über ein Stück Papier folgende Gemeinheiten an sie, die ich noch jetzt auswendig weiß, da sie wie Gift sich in mein Gedächtnis ätzten:

»Verehrte Maria Magdalena!

Können Sie sich noch auf den interessanten Jüngling mit Sommersprossen, Ringellocken, Flackeraugen und Hakennase besinnen, ach, und mit dem braunroten, weichen Schnurrbart? Auf ihn, den blasierten, interessanten Don Juan und Faust in einer Person, hauptsächlich aber Vieh, wie ihr's alle am liebsten habt? Wimberg! »Fünfzig Mal,« fügte er, – auf ein paarmal mehr wird's nicht angekommen sein. Er hatte Recht, mitzunehmen, was mitzunehmen war. Morgen dürfen Sie den Daumen für Ihren fünfzig und einige Male Geliebten halten.

Richard – der zweite, dritte, wer weiß wie vielte.«

Du siehst: ich war sinnlos geworden.

Als ich den Brief aber in den Kasten geworfen hatte, mit noch nasser Aufschrift, da überkam mich eine schmerzenstiefe Traurigkeit. Wie in einen dunklen Abgrund bodenlos gefallen schien mir aller Trost und alles Ziel. Meine Gemeinheit hatte ich erkannt, und, mit einem Male und ganz himmelsklar: *ihre* Reinheit. Aber ich schrieb keinen zweiten Brief. Wozu? Ich war nicht weniger gemein wie mein Gegner, und so war's erst recht aus. In diesem Augenblicke hätte ich ihm meine Brust zum Ziele geboten und selbst zu schießen verzichtet. – Das war die tiefste Traurigkeit, die ich je erlebt. So schwer und ohne Uferwand der Hoffnung. Dunkel und leer. Der Kopf wüst und das Herz elend, furchtsam und störrisch wie ein Verbrecher, so lief ich durch die Straßen. Nicht einmal gedacht habe ich daran, etwas aufzuschreiben für den Fall meines Todes.

Nur diese Last seelenerdrückender Selbstanklage und Verzweiflung heben und von mir werfen, weit, tief! Wäre ich ein Mensch des Mittelalters gewesen, ich hätte mich dem Teufel verschrieben – in unseren Zeiten thut bei sothanen Gelegenheiten der Alkohol Teufelsdienst.

Morgen früh fünf Uhr mußte ich Bahnhof Friedrichstraße sein. Ich beschloß, die Nacht irgendwo in der Nähe zuzubringen. Ein Dienstmann hatte mir einen Zettel in die Hand gedrückt, auf dem ein Lokal mit »kavaliermäßiger Bedienung« empfohlen wurde. Das war etwas für mich. Was kann es kavaliermäßigeres geben, als einen Menschen vor Zeugen totschießen zu wollen, und va banque mit dem eigenen Leben zu spielen? Also in das kavaliermäßige Lokal.

Als ich in den »Salon« trat, der in seiner plüschenen Eleganz sehr offenherzig an Bordelle erinnerte, gab der langhaarige Klavierspieler, ein heruntergekommener Student, wie es schien, gerade eine Melodie zum Besten, nach der ich in irgend einer Posse den Text: »Du, Du, Du nur allein, Du, Du, Du sollst es sein« habe singen hören, – es ist schon lange her, und ich war damals himmelblau und rosenrot umwölkt von taubenschwingenzarter Schülerliebelei. Die Melodie hier nahm mir für einen Augenblick den Schmerz und schenkte mir Wehmut.

Allerlei Vergnügungspöbel saß auf den Plüschpuffs und Divans herum, stumpfsimpelte, soff, gröhlte, lachte; feiste, offenbar auf

Fettquilligkeit ausgesuchte Kellnerinnen in ausgeschnittenen Kleidern, dick beschminkt, mit Augenrändern von Thalerumfang, meist der Frucht näher als der Blüte, leisteten die übliche Gesellschaft, womit der kavaliermäßige Charakter des Lokals sich schön bewahrte. Ich setze mich an den einzigen Tisch, der noch leer war, in eine Divanecke, in der es muffig nach Patschouli (Odeur de bordel unter Kennern) roch. Über dem Divan mit seinen Gerüchen hing ein Öldruck, der den alten Kaiser Wilhelm, umgeben von einem Kornblumenkranze, darstellte. Patriotismus und Patschouli, – na ja.

»Na, was trinken wir denn,« sagte die Kellnerin, die auf mich zugeschwommen kam wie ein dickes Kanonenboot erster Klasse in Paradegarnitur.

»Porter.«

»Un für mich? Ich mag Wein lieber.«

»Mein'twegen.«

Ach, wie ekelhaft. »Du, Du, Du nur allein, Du, Du, Du sollst es sein« klapperte der unglückliche Musensohn, und ich sang innerlich mit, in halb unbewußten, flatternden, drängenden dumpfen Empfindungen:

»Wenn ich – Dich – nicht hab'
Ist mir die Welt nur wie ein Grab, ...
Du, Du, Du nur allein, Du Du ...«

Josephine! Josephine! hob es sich in mir empor, schwellend und sehnsuchttrauerwütend; die Thränen wollten kommen. Da senkte sich der Speck meiner Hebe halb neben, halb auf mich nieder. Der Langhaarige paukte sein Walzerfinale herunter, die Kellnerin klang mit ihrem Glas an das meine. »Na, Schatz, trink' doch.« Und ich trank, ich stürzte Glas auf Glas des dicken, braunschaumigen Bieres hinunter, ließ mir die Angriffe, die meine kavaliermäßige Bedienung auf meine Beine machte, teilnahmslos gefallen, und redete mich, nach und nach betrunken werdend, in wildes, galliges, gemeines Zeug hinein. Mary fand das offenbar »kolossal nett«, denn sie fraß mich fast mit ihren glitscherigen Blicken, und wir waren beide bald im besten Schlammverhältnis miteinander. Ebenfalls betrunken werdend wurde sie so anschmierig, daß mich schließlich der Ekel aus dem Sumpfloch hinausdrehte.»Mein Hä-ä-erz! Mein Ha-ä-erz!« gröhlte der Tastenschläger, als ich die Thüre zuwarf und an der Uhr sah, daß eben 12 vorüber war. Wohin! Wohin! Halb müde, halb aufgeregt, lief ich planlos, fast 2 Stunden durch Friedrichstraße und die »Linden«. – Die hautschmeichelnde Nachtkühle verscheuchte die Dämpfe der Berauschtheit, und es kam, wie von tief innen heraufklingend, Klarheit und Ruhe in Fühlen und Denken. –

Im Café Bauer ließ ich mir Schreibzeug geben und schrieb an Josephine. Inmitten der umhersitzenden Nachtvögel beiderlei Geschlechts schrieb ich einen langen, langen, glühendleidenschaftlichen Brief an sie. Was schrieb ich? Fast weiß ich's nicht mehr, aber es strömte wie Feuer aus meinem Herzen. Meine ganze Liebe und die ganze Qual dieser letzten Tage flossen zusammen in eine einzige Lohe. Verzeihung stehend lag ich zu ihren Füßen, Knie umklammernd bat ich um Verzeihung, – jetzt so im Staube, wie kurz vorher frech hoch auf dem hufdröhnenden Rosse der Brutalität.

Mehr und mehr geriet ich in einen Taumel. Ein Teil der alten Stimmung kam über mich, und ich schrieb zuletzt unter Thränen. Als ich zu Ende war, hatte sich das Café fast geleert. Die Kellner standen schläfrig an den Säulen und Wänden. Scheuerweiber kamen mit ihren Kübeln. Es war Zeit für mich, an die Bahn zu gehen.

Als ich aufstand, schwankte ich vor innerer Schwäche. Mir war zu Mute wie nach der ersten Nacht, die ich als Soldat auf Wache gestanden hatte. Das ekle, übernächtige Gefühl, ein fauler Geschmack im Munde, dumpfes Brennen im Kopf Schwäche in den Gliedern: so ging der »Held« zur Wahlstatt.

Mit einem Male trat jetzt auch das Kommende in Klarheit an mich heran. Bis jetzt hatte ich an die eigentliche Sache gar nicht gedacht. Alles war Strudel gewesen ohne festen Punkt. Nun, da ich dem Bahnhof zuschritt durch die menschenleere Friedrichstraße, die sonst dröhnt und braust von Lärm und Leben: da, mit einem Male stand es bildklar vor mir, was kommen mußte. Und ich fühlte (Du sollst es hören und wissen), – ich fühlte eine Angst tastend in mir aufsteigen. Ein lauerndes, widrig schwellendes, schnürendes Gefühl. Eine dunkle Macht schob mich langsam in immer gleichem

Drucke ins Dunkle. Mir war's, als wenn meine innerste Seele den Atem aussetzte, und mein Blick kehrte sich in meine eigene Vergangenheit. Ah, all dies Streben nach einem Ziele, nicht immer klar bewußt, aber immer schwingenfertig, immer triebbewegt; ja, ja – dorthin, dorthin hast Du gewollt, und Deine Kraft, sie hätte gereicht. Warst Du nicht nahe? Und alle die Sturmglückssekunden, da Dein Herz in Liebe schwoll und Dir selber ein Himmel war, und Du selber ein Gott in Fülle und Seligkeit! Ja, liebekräftig warst Du und leicht zu heben im Herzschlag. Oft warst Du tot und verworfen und blind und gingst in der Menge, unglückselig bewußt Deines Falls, – aber in Schwall und heißer Wonne leuchtete so oft dann mitten im Tiefsten Dir eine Flut von Freiheitsschöne ins Herz, daß Du hoch warst und allein, kräftig, groß, nicht herrschend, nicht beherrscht: *einzig.* Und dann wieder die wahre Liebe zu *jeder* Wirklichkeit, das Seligsein im Drange, zu vergehen im All! Du *wärst* zur Wahrheit gediehen, zu freiem eigenen Sein, Du hättest Dich ausgelebt, – nun aber zappelst Du in der grauen Spinnewebe fremder Niedertracht und blöder Sitte, und die Spinne Tod wird Hirn und Herz Dir aussaufen. So, nur noch verworrener, aufbäumender und zugleich gedrückter waren die Empfindungen meiner Furcht. Ja, Furcht, nichts weiter. Den einen schüttelt's äußerlich, den andern innerlich. Zwischen hinein in diese delirösen Zuckungen stach die selbsthöhnische Frage:»Feigheit«? aber mein brodelndes Empfinden verwarf sie mit noch lauterem, bittergellendem Hohn.

So langte ich auf dem Bahnhof an. Niemand dort, außer meinen Zeugen, mir unbekannten Korpsburschen, die mich mit alberner Gemessenheit begrüßten. Durch ihre befremdeten Blicke ward ich darauf aufmerksam, daß ich ziemlich derangiert aussah. Sofort regte sich in mir Stolz, wie stets, wenn Jemand von oben auf mich herabsieht. Das war gut. Mit meinem Selbstgefühl bekam ich Ruhe. Beinahe mit Leutnantsschnarren sagte ich:»Pardon, meine Toilette. Ich muß mich vor solchen Chosen immer etwas zerstreuen.«

Denke: diese Albernheit. Heut' schäm' ich mich ihrer, aber sie war diesen Braven gegenüber nicht unangebracht. –

Der Zug kam.

Wir stiegen ein und waren bald am Orte, von wo aus noch etwa eine Stunde zu gehen war.

Der Morgen war schön, frisch und hell.

Meine Begleiter, in einer Art feierlicher Toilette, schritten rechts und links von mir, und ich mußte daran denken, daß moderne Scharfrichter ihr Geschäft im Frack abmachen. »Ja nobel, nobel, nobel muß die Welt zu Grunde geh'n«, sang die kleine Klara Sickert im Leipziger Stadtgarten-Tingeltangel. Weißt Du noch? –

Soll ich Dir schildern, wie die Vögel sangen? »All Leben ist erwacht!« Aber ich will zum Ende. Dies Wühlen in mir, jetzt peinigt mich's.

»Wären wir endlich da!« dacht ich unaufhörlich. –

Als wir ankamen, fanden wir die andern schon am Platze.

Wimberg ging mit dem Unparteiischen auf und ab.

Sein Anblick war mir eine heiße Stimulanz.

Los! Los! Los!

Alle die fürchterlichen, langweiligen Vorbereitungen, diese lächerlichen Scheinversuche zur Versöhnung (hol' Dich der Teufel, Hund!), das Verlesen des mir sattsam bekannten »Pistolenkomments«, die endlose Zeit, die der, wie es schien, beständig mit Tatterich behaftete Unparteiische zum Laden der vier Pistolen brauchte, – unerträglich das Alles! Ich sah nur ihn. Diese hochmütige Hakennase, den braunroten Schnurrbart, diese ganze verhaßte, lange Figur.

Da begann der langbeinigste Sekundant zu springen, wie ein Känguruh, um die Entfernung zu messen. Na, na, nicht so weit! Mein Sinn für Komik regte sich. Wenn er einen Frack anhätte, – wie müßten die Schöße fliegen! Puterrot sah der Gute aus, wie er ausgehopst hatte.

Mein Sekundant gab mir die Pistole. »Aber Verehrtester, weshalb solche Kaninchenaugen dabei! Gerade wie unser Konrektor: halb furchtsam, halb dumm.«

Ich war absolut ruhig. Beinahe hätte ich »ähbäh!« gesagt. Zu gelungen! Jetzt war mir auf einmal alles wurst und schnuppe. Also der Unparteiische würde langsam bis 3 zählen; zwischen 1 und 3 sollte losgeknallt werden.

Ich stand neben einem Baumstumpf. Darauf Moos und ein großer, brauner Pilz.

»Eins!« (etwas heiser, gurgelig, gar nicht »schneidig«.) In demselben Augenblick hob sich drüben Wimbergs Pistole und sein rechter Fuß trat vor den linken. »Zwei!« – ffft! saust's an meinem rechten Ohr vorüber; ich drücke los, der Schuß ruckt meine Hand zurück. (Ich hatte ganz unbewußt die Pistole gehoben: das Losdrücken geschah als »Reißer«, wie die Unteroffiziere sagen.) Herr Wimberg sank ganz gemächlich, und wahrhaftig: elegant in die Kniee. Der Korpsdiener nahm mir die Pistole, ich blieb bei meinem braunen Pilze. Die übrigen in bewegter Gruppe drüben. Na? Mein Sekundant kommt lächelnd herbei und sagt: »Nicht gefährlich. Fleischwunde. Ein paar Sehnen dabei. Wenn die Sache glatt heilt, kommt höchstens 'n bißchen Hinken dabei 'raus.«

Ich: »Ja, ist die Geschichte nun vorbei?« Er, lachend: »Na, ich dächte. Stehen kann Ihr Gegenpaukant wenigstens innerhalb 4 Wochen nicht.« –

Was ich dabei gefühlt habe? Gar nichts. – Augenblicklich fühle ich aber, daß es gut ist, diesen Riesenbrief zu schließen. Was noch kommt, ist melancholisch. Mich aber hat diese Schilderung in fast fidele Frivolität versetzt, denn zwischen dem heiserdumpfen: »Eins! – Zwei!« lagen für mich die vergnüglichsten Momente jener Zeit.

Dein Richard.

Also das melancholische Finale, mein Lieber. Ich will's kurz machen. – Schon auf der Zurückfahrt bis zum Bahnhof Friedrichstraße schüttelte es mich fieberisch. Ich mußte eine Droschke nehmen, und zu Hause fiel ich sofort ins Bett. Schilde, auf einen außerklinischen Fall chirurgischen Charakters hoffend, hatte in meiner Wohnung auf mich gewartet. Er war einigermaßen enttäuscht, mich in ganzbeinigem Zustand zu erblicken; mein Fieber indes entschädigte diesen eifrigen cand. med. ein wenig.

Ich fiel sofort in einen unruhigen Schlaf, in dem ich fortwährend farbigen Schlamm voll qualliger Blasen sah. Auf Genaueres vermag ich mich nicht zu besinnen. Nur einmal war mir, als ob Josephinens weiche Hand mir auf der Stirne ruhte und ihr Blick auf meinem Schlaf. Aber das war nur ein glänzender Augenblick, ein Sonnenhusch im Nebel. Dann quoll es weiter. Immer ein Rühren in blutigem Schlamm. Blasen gurgeln auf, langsam, thranig, bis an den Hals schwappt mir die ekelhafte Masse. Da, hell mit einem Male, maihell; ein sanftes, streichelndes Licht. Oh, wird der Traum schön! Ich sehe einen See mit Millionen kleiner Plätscherwellen, sonnenglitzerbekrönt, und alle die klingenden Wellen auf mich zu: Millionen schwimmbewegte Amorettenarme, leiser Stoß nach vorn, leises Auswärtsbreiten, immer ein Umarmen der sonneglitzernden Flut, und zu meinen Füßen klirren die silbernen Wellen, spielen die Amoretten. Eine weich gütige Frauenstimme von ferne: mein Name, klingt sie näher? Kommt sie nicht mit dem warmen Winde, der wie ein seiden Tuch mir um die Stirne spielt? Und das Wellenklirren verklingt, die Amorettengrübchenarme verschäumen, der See verrinnt in grünen Duft. ... Da ... ja Wiesen, Wälder ... aber nicht doch?! ... wie ich träumte! ... sieht da die Wiese nicht aus, wie mein grünes Sopha? ... und der See davor mein Tisch mit seiner weißen Häkeldecke? ... aber die Luft um die Stirn ... und die liebe weiche Stimme. Langsam erwachte ich ganz. Josephine saß neben mir, auf meiner Stirn lag ihre Hand.

»Nicht gesprochen, Du! Ganz still sein!«

Meine Blicke fragten.

Und sie erzählte. Nur meinen ersten Brief, den schändlichen, hatte sie erhalten. Da war sie gleich nach Berlin gefahren.

»... Und Wimberg?«

... »Ja! ...«

Ich schloß die Augen.

»Später, mein Richard. Jetzt mußt Du ganz ruhig sein.«

Und ihre Hand auf meiner Stirne beruhigte mich, und ich glaubte ihr und liebte sie in meiner Krankheit mehr als je.

Lange habe ich im Nervenfieber gelegen. Josephine war in der ersten Zeit Tag und Nacht an meinem Bette. Später ging sie tags ins Geschäft und kam erst abends. Wie sie mir da eigen erschien. So schwebend. Sie las mir vor und erzählte mir. Wenn die Genesungsmüdigkeit zu mir kam, ging sie.

Ich wurde kräftiger. Schon durfte ich auf Stunden außerhalb des Bettes sein. Jetzt saß ich im Fauteuil d'amour, und sie zu meinen Füßen.

»Josephine ... warum hast Du mir nicht früher gesagt? ...«

»Es war so häßlich, und ich wollte Dich nicht aufregen. Und auch mich nicht. So häßlich war's.«

Und langsam erzählte sie mir eine der Schmachgeschichten, wie sie zu Tausenden jeden Tag aufs neue sich in Berlin abspielen und aus denen zu Hunderten jeden Tag die Prostitution »neue Ware« erhält. –

Max: Es thut mir sehr leid, daß ich jenen Halunken nicht besser getroffen habe. Wahrhaftig, ich hätte besser gezielt, hätt' ich seine ganze lumpenhafte Gemeinheit eher gewußt.

Ich war fast ganz genesen, da zeigte mir Josephine eines Abends einen Brief.

»Na, na, der Vetter aus Amerika?«

»Ja, lies nur.«

»Hui! Das ist ja eine Werbung in bester Form! Und Du ...?«

»Ja, Richard, ich meine ...«

»Josephine! ...«

»Ja, ich muß ja sagen. Es ist das beste so. Zwischen uns ist's doch aus, und mich ekelt's hier.« –

Kurz und gut: Etwa zwei Wochen, bevor ich hier einrückte, ist Josephine auf dem Dampfer »Leipzig« abgefahren. In ihrem Brief aus Hamburg steht die Stelle: »daß ich Dich jetzt so innig lieb habe, wie früher, weißt Du. Aber so ist es das beste, das wir auseinander sind. Deinen Brief vergesse ich nun. In Berlin habe ich's nie gekonnt. Immer habe ich auch an W. gedacht, wenn Du zu mir sprachst, und ich habe immer einen Ekel an allem bekommen.«

Und dann: »Ich habe so viel geweint die ganze Zeit, wo Du krank lagst, und war doch immer so glücklich an Deinem Bette, weil ich

Deine Hand hielt. Aber nun werde ich nicht mehr weinen, aber ich werde immer an unser Glück denken.«

Diese schlichte, treue Liebe, Max. – Und das alles vorbei, ein Traum voll Süßigkeit und wüstem Spuk. Er hat mich alt und kalt gemacht.

Wimberg hab' ich unter den Linden schon wieder spazieren gehen sehen. Er hinkte mit viel Grazie und Selbstbewußtsein. Wahrhaftig: wohl möglich, daß sein Heldentum jetzt wirklich ein paar Witwen ergattert.

Und das wäre der Humor davon.

Dein Richard.

Die erste Mensur

Parodistischer Versuch im Tone des »Papa Hamlet«

Pinginginglinggg ...

»Uff, hu, äh, gleich, aoooh!«

»Deiwel noch 'nein, machste gleich uff, Leibfuchs?«

Zwei Beine stöbern nach zwei Filzschuhen auf einer schwarzen Decke aus Pudelfell. Ein Korpsband baumelt vom Nachttisch: rot-weiß-rot.

»Deiwel noch 'nein, kommste bald?«

»Ä – chft, ft, gleich, meine Pantoffel, ooo – chft!«

Ein Pantoffel schiebt sich an die Thüre. Riegelschnappen.

»Na, Donnerwetter, endlich!«

»'N morgen, Leibbursch!«

»Deiwel noch mal, mach fix. Ich gloobe der Kerl hat vergessen ...!«

Äh ...?«

»Nee, nu schlag aber eener lang hin! Biste noch voll?«

»Nee, bloß ekligen Jammer.«

»Na, Donnerwetter, Du sollst doch heite losgehn.«

»Herrgottsteufel, ja, Himmelherrgott, nee, warte, gleich, Deiwel noch mal, Herr ...«

Prrst, prrst, schbstschst, pscht.

»Donnerwetter, spritze nich so.«

»Aah, aah!«

»Nee, nich so gute Hosen. Haste keene alten?«

»Die da?«

»Na, die sin' eklig schäbig. Mal 'rin. Fix!«

»So!«

»Na, nu's Bierseil um, und e Stück Fuchsenband in die linke Hosentasche.«

»Äh?«

»Das hilft gegen Kneifen. Fertig?«

»Gloobe.«

»So komm'!«

»Aber Kaffee?«

»Mumpitz. Aber haste Roschern e altes Hemde geschickt?«

»Gestern.«

»Na 'rin, steig ein. Fort, Kutscher.«

Rum pum rackakakaka rum pum rum raka ...»Also stramm Hochquart an« ... pum rakakak pum ...»feste off'm Krux« ... rakakak ...»Donnerwetter so 'n Rumpeln« ... ratterattatteratteratterakakak ...»steile Terz« ... rumpelumpumpumpumpum ...

»Hakenquart, so, bloß Handgelenk ...« tatteratattatta ...»Gottverdammich, hört das Gerumple nich bald ...« rottottotto ...»immer anschlagen, nich auslassen. Gott sei Dank, endlich die Chaussee.«

Rechts grün, links gelb, oben blau. Langsam im Sande.

»Leibfuchs, schläfste?«

»Nee.«

»Na so mach de Oogen off. Wir sin' gleich da.«

»Brrr!«

»Hup! Na fix 'n bißchen.«

»Du, ich möchte aber endlich 'was in 'n Leib.«

»Da, Portwein mit Ei. Bodega. Kraft in den Biceps.«

Stimmen von allen Seiten. Cigarrendunst legt sich über die Holztische und verschlingt die immer heraustönenden Worte: Quart, Terz, Durchzieher.

»Roscher! Anbandagieren.«

Der Korpsdiener schleppt die Bandagen herbei.

»So, Herr Turm, nu, bitte, das Schakettchen runter und de Weste und's Hemde ooch.«

»Brr, kalt, ah«

»So, das Mensurhemde. Warten Se nur, ich mache alles.«

»Leibbursch!«

»Na?«

»Komm doch her.«

»Was denn?«

»Paß 'n bißl auf.«

»Woroff denn?«

»Na, so.«

»So, nu den Bauchschurz. Halten Se hinten den Riemen feste, Herr Turm.«

»Gott, o, enge. Man kann sich kaum bewegen.«

»De sollst Dich ooch nich bewegen. Stille stehn sollste.«

»Fui Deiwel, stinkt die Halsbinde. Äh, mir wird schlecht.«

»Deiwel noch emol, laß das gefälligst blei'm.«

»Was is denn das?«

»Blut Deiner Korpsahnen. Ä ganz besonders feierlicher Saft.«

»Gott, Sie wickeln mir ja den ganzen Arm zusammen. Ich kann ihn ja nicht mehr biegen.«

»Sollste ooch nich. Steif halten sollst'n.«

»Deiwel, is das ungemiedlich.«

»Schnell, Roscher, drüben sind se schon fertig.«

»Donnerwetter, Du, hat der Baumeister aber Arme!«

»Na, Deine sin ooch nich von Pappe. Man druff! ... So, nu de Paukbrille.«

»Au!«

»Immer feste, Roscher.«

»Nee, aber nu is genug. Ich sehe *gar nischt, gar nischt*. Und mei Arm und mei Hals. So kann man doch nicht ...«

»Stille biste. So, komm'. Schleppfuchs! Deiwel noch mal, wo rennste denn immer rum. So. Na los, off 'n Krux!«

Breitbeinig, Schritt für Schritt, fest den Riemen zwischen die Beine ziehend, steif den Hals in der dicken Lederbinde, wagerecht hinaus den rechten Arm mit dem Paukhandschuh, die Haare durcheinander, langsam vorwärts. Schleppfuchs stützt graziös den Arm. Der Testant untersucht die Klinge.

»So, auf den Krux. Hier bleibste feste. Roscher, de Sekundiermütze und den Speer für mich. So. Stehste?«

»Ja.«

»Kognak da, Roscher?«

»Eine ganze Flasche.«

»Also. Äh.«

Swswswswswswsw.

»Gut, der Speer!«

»Herr Unparteiischer!«

Swswsws ... Stille.

»Wir bitten um Silentium für eine Partie aus Schläger, 15 Minuten, mit Binden und Bandagen.«

»Silentium für eine Mensur auf Schläger, 15 Minuten, mit Binden und Bandagen.«

»Herr Unparteiischer, wir bitten um Silentium für den Ehrengang.«

»Silentium für den Ehrengang.«

»Bindet die Klingen! Sind gebunden – los! Halt!«

»Herr Unparteiischer, wir bitten um Silentium für den ersten Gang.«

»Silentium für den ersten Gang.«

»Bindet die Klingen! Sind gebunden! Los!«

Ffft! fft! fft! ffft!

»Halt!«

»Herr Unparteiischer. Stehen sich die Paukanten nahe genug?«

»Ja!«

»Bindet die Klingen! Sind gebunden! Los!«

Ffft, fft, fft!

»Halt!«

»Herr Unparteiischer! Ich bitte drüben auf Quartseite nachzusehen!«

»Ich finde nichts.«

»Herr Unparteiischer! Wir bitten um Pause.«

»Silentium! Pause für L...ia.«

»Leibfuchs, das is 'ne ekelhafte Stopselei. Ich habe Dir doch gesagt: Hochquart, Durchzieher, Terz, Hakenquart. Wenn Du nu im nächsten Gang nich triffst, drehn wir Dich 'rum.«

»'n Kognak!«

»Roscher, den Kognak!«

»Aaah, brr, aah!«

«So.«

»Silentium für den Fortgang der Mensur.«

»Bindet die Klingen! Sind gebunden! Los.«

Ffft fft, fft, depp, depp, fft, dep, *dopp!*

»Halt!«

»Du, was roocht denn da drüben?«

»Silentium! Ein blutiger auf Seiten von L...ia.«

»Bindet die Klingen! Sind gebunden! Los!«

Depp, depp, depp, *dopp, dopp!*

»Halt!«

»Herr Unparteiischer, wir bitten drüben auf Quartseite nachzusehen!«

»Deiwel Du, was ist denn das, mir läuft's ja ganz heiß über die Augen?«

»'N lappigen Kretzer oben.«

»Herr Gott, und wie der roocht drüben.«

»Hakenquart. So noch 'n paar, dann is recht.«

»Herr Unparteiischer, wir erklären die Abfuhr.«

»Silentium, Abfuhr auf seiten L...ia nach 4½ Minuten mit zwei Blutigen. Mensur ex.«

»Aaah, aah.«

»'Na, berühmt war's nich, Leibfuchs. Gestopfelt haste wie'n schwindfüchtiger Finke.«

»Gott sei Dank, daß ich die Halsbinde ...«

»Flinte! Na, wie is es denn drüben?«

»Nischt besondes, aber Ohr is lädiert.«

»So, nu' hier den Kretzer zu!«

»O, o, o, o, o, o, ... Deiwel ... au doch!«

»Na, mer sin ja schon fertig. Bloß drei Nadeln. Nu de Gombresse.«

»Donnerwetter, Leibfuchs, jetzt siehste nach was aus! Und nach Jodoform stinkste, als wenn ich Dich abgestochen hätte. Nu kannste ooch Kaffee trinken.«

»Aah! Schlp–hu, schlp–hu. Ah.«

Waschermadlhistorie

Des Juristen Colline sehr weltliche Briefe an den Gottes-gelahrsamkeitsbeflissenen Marcel

1.

Oh Du Rauhbein![1]

Ich glaube, es war zur Zeit, als ich meine Pandekten noch nicht vergessen hatte, da ich Deinen letzten Brief erhielt. Was soll denn das heißen? Höre 'mal, Du ... aber ich will nicht schimpfen. Ich bin ja so vergnügt, so rasend glücklich!

Ach!!!!!!!!!!!!!!!!!!

Bitte, sieh Dir mal das Ach mit seiner Ausrufezeichenbrigade an. Das sind keine gewöhnlichen Ausrufezeichen, Verehrtester, das sind Liebesverzücktheits-Ausrufezeichen, dick, stramm, grundstrichmuskelkräftig. Sieh' sie genau an! Es sind Symbole der Waden meiner Jeanette[2].

Hallih und Halloh! (Grinse nicht so niederträchtig! Sumpfhuhn!)

Also: ich bin fabelhaft glücklich.

Woso? Höre:

Was ist mein Schatz? – Eine Plättmamsell,
Wo wohnt sie? – Unten am Gries,
Wo die Isar rauscht, wo die Brücke steht,
Wo die Wiese von flatternden Hemden weht;
Da liegt mein Paradies,

---

[1] Die Offizin besaß leider keine Ausrufezeichen von der symbolischen Wucht derer, die Herr Colline in der Handschrift mit viel Ausdruck gemalt hat. – Anm. des Setzers.

[2] Die Offizin besaß leider keine Ausrufezeichen von der symbolischen Wucht derer, die Herr Colline in der Handschrift mit viel Ausdruck gemalt hat. – Anm. des Setzers.

Im allerkleinsten Hause drin,
Mit den Fensterläden grün,
Da steht mein Schatz am Bügelbrett, –
Hoiho! wie sie hurtig den Bügelstahl dreht!
Gott! wie die Wangen glühn.

Im weißen Röckchen steht sie da,
Ihre Blouse ist blumig bunt;
Kein Mieder schnürt, was drunter sich regt,
Sich wellenwohlig weich bewegt:
Der Brüste knospendes Rund.

Vorüber gehe ich allmorgens früh,
Schau tief ihr ins Auge hinein,
Da liegt meine Lust, meine Liebe, mein Glück,
Die lachende Kunde: Komm' abends zurück, –
Das Waschermadl ist Dein!

Kapierst Du, alter Junge? Merkst Du was? Na freilich, so obenhin
mußt Du schon was riechen. Aber das sag' ich Dir gleich: einen
richtigen Begriff kannst Du Dir nicht machen. Das geht über Theo-
logenbegriffe.

Wie's geschah, daß ich sie kennen lernte? Zum Teil steht's in diesem herzverrückten Hurrahliede; was fehlt, ergänze Dir aus dem
folgenden, das ich, seiner blümeranten Handwerksburschenlied-
Klangfarbe wegen nenne:

Im alten Ton:

Der Frühling kam, die Knospen sprangen,
Da bin ich auf die Wiese,
Ja Wiese,
Alleine hinausgegangen.
Ich ging allein
Und kam zu Zwein:
Mit einem holden Kinde;
Das hab' ich geküßt auf den roten Mund
Wohl unter der grünenden Linde,

Dem hab' ich den Blick in die Augen gesenkt,
Das hat mir seine Liebe geschenkt,
Und hat mir gelacht
Zum Lohn bei der Nacht,
Zur Seite geschmiegt mir im Bette:
Ein Waschermadl ist mein Schatz,
Mein brauner, mein wilder, mein lustiger Schatz
Und heißt: Jeanette! –

Ich denke, das genügt.

Ja, unter einer grünenden Linde war's.

Bisher habe ich geglaubt, grünende Linden, Fliederlauben, Jasminbüsche und dergleichen seien bloß lyrische Requisiten, die man Reims halber und weil sich dabei so was Liebes riechen und ahnen läßt, zwischen die Verse streut wie Rosinen in den Stollenteig, aber jetzt, mein frumbes Gemüte, jetzt weiß ich's besser.

In der That: es existieren wirklich und wahrhaftig gute, liebesgnadige Dinge auf der Welt, und nicht weit von Oberföhring steht, (dös woaß i!) eine ganz reale Linde, von der ich es beschwören kann mit einem leiblichen Eide, daß unter ihr Zweie saßen, (a bißl kalt war noch der Boden vonwegen der Frühlingsfeuchte) die sich abgeküßt haben und gepreßt, als ob sie zu nichts weiter da wären auf dieser schnöden Welt. Und doch war es des einen lederne Pflicht, der beiden Rechte mannigfache Materien zu traktieren, und die andere (ich bitte Dich! daß es eine Die war, hast Du bemerkt?) und die andere hatte mindestens noch sechs Dutzend Oberhemden zu bügeln.

Oh Du leichtsinnige Jugend!

Was waren uns sämtliche *corpora juris* mit samt allen Oberhemden der Welt! Schnuppe waren sie uns, mein Holder, wurscht und schnuppe. Nichts interessierte uns, rein gar nichts, als unser warmes Beieinander, das Beinanbein und Brustanbrustund Mundanmund und Auginaug. Nein Du: so ein Glück! So ein dummes, holdseliges Glück.

»Geh, moagst mi wirkli?« sagt Jeanette.

»Ja, freili, Mauserl,« sag' ich, – und so was ist einem lieber als sämtliche Dialoge in sämtlichen Dichtern.

Mit welchem Axiom ich verbleibe
Dein Colline.

2.

Mensch!

Nein: *nicht* Mensch: Theologe! Jessas naa, was hast Du mir da für einen Brief geschrieben! Kerl: Du bist schnoddrig! Ja, schnoddrig d. i. »norddeutsch«. Ich soll Dir »etwas vernünftig«, »klar«, »wie, wann und wo, und ohne Verse« schreiben. Teufel auch! Vernünftig! Aber ich bin's ja nicht. Klar! Aber ich taumle ja in den lustigsten Wolken. Wie und wo und wann und ohne Verse! Aber ich kenne ja kein wie und wo und wann mehr und ich lebe ja in Versen. A, geh' weiter, Du langstieliges Ungeziefer. Laß mir mei Ruh!

Also kurz und gut: Jeanette und ich fressen uns noch immer vor Liebe.

Wochentags hat sie leider immer zu thun.

(Weißt Du: das Hemdenbügeln ist ein strengerer Tyrann als die Jurisprudenz.)

»I kann net!« sagt sie.

»Warum denn nicht?« sage ich.

»Weil i arb't'n muaß,« sagt sie,

»A, laß mal die Hemden schwimmen!« sag' ich.

»Du, dös geht fei net: wenn i do muaß!«

Was will ich da machen?

Ich laufe also nur so Stücker zehnmal tags an ihrem kleinen Häuserl vorbei und freue mich, wie sie flott drauflos bügelt mit ihren fest runden Armen, und wie sie mich hell anlacht mit ihren braunen Augen. Aber abends! Ja dann! »Ihn enger Kammer« heißt das Lied:

Ein Bett, ein Stuhl, ein Tisch, ein Schrank,
Und mitten drin ein Mädel schlank:
Meine lustige, liebe Jeanette.
Braune Augen hat sie, wunderbar!
In wilden Ringeln hellbraunes Haar,
Kirschroter Lippen ein schwellend Paar.

Jeanette! Jeanette!

Am Fensterbrett ein Epheu steht,
Durchs grüne Geranke die Liebe späht,
Meine lustige, liebe Jeanette.
Thüre auf; da liegt mir am Hals das Kind.
Allein wir beiden, es singt der Wind
Das Lied von zweien, die selig sind,

Jeanette! Jeanette!

»Die selig sind .... '.« Ich dächte, das wäre wieder ein netter Brief-
schluß

Hurrah!
Dein Colline.

3.

Also Du verzweifelst an mir, mein Säckchen. Na ich glaub's gerne. Und trotzdem bist du »gespannt auf die Entwicklung«. Entwicklung? Nix wird entwickelt. Tra lirum larum leier, – 's geht halt alles seinen lustigen, leisen, lieben Gang.

Jeanette und ich, und ich und Jeanette, wir kriegen uns nicht satt. Ja, – n' bißl gezankt haben wir uns schon, aber mein Gott, das ist bloß zur Abwechslung.

Sie: »Ah geh, Du bist a Fadling!«

Ich: »Was für'n Ding?«

Sie: »A Fadling bist.«

Ich: »Sooo?«

Sie: »Ja, recht fad bist.«

Ich: »Warum denn?«

Sie: »Warum gehst am Sonntag net mit mir aus?«

Ich: »Weil ich Dich allein haben mag.«

Sie: »Allweil alloan; dös is ma z'fad!«

Ich: »Möchst Du mit andern 'rum poussieren!?«

Sie: »A geh! Sei nett so trapst! A Musi mecht' i hörn.«

Ich: »Wo denn?«

Sie: »Woaßt ... auf'n Lewenbraikeller, sagend, is gar so fidell!«

Na siehst Du, was will man da machen? Also gut: ich schleppte sie unter allerlei glotzendes Volk in den Löwenbräukeller. Tags vorher aber machte ich vor lauter Sehnsucht »freie Rhythmen«, deren fragender, halbzweifelhafter Schluß übrigens dämlich unwahr ist, denn alle die schönen Dinge sind garnicht mehr zweifelhaft für mich.

Münchner Kindl.

Du Münchner Kindl mit lachendem Blick,
Du runder Schneck, –
Willst Du mit Deinen braunen Augen
Wirklich ins arme, schwankende, krankende
Herz mir lachende, leuchtende, leichte
Liebeslust senken?
(Schau, wie der Taumel des jauchzenden Her-
zens
Selbst meiner Rhythmen bedächtige Füße
Holtertipolter dahin läßt tollen,
Jungen, ungeberdigen Böcklein
Gleich, voll unanständiger Liebe,
Statt, daß manierlich sie tapp tapp tapp
Wie die Lämmlein auf der Wiese,
Auf der Wiese voll Butterblumen
Deutscher Lyrik stille »wallen«.)
Ach, wie verheißungsvoll, ach, wie verhei-
ßungsvoll
Lodernd und üppig winken die Lippen Dein!
Welch' eine mollige Katze Du bist!
Ach so schmiegsam und warm und weich!
Doch im Auge der Hölle heißestes,
Flammendstes Feuer ...

Morgen im Löwenbräukeller! Wie heimlich
Woll'n wir zusammen vor'm Maßkrug sitzen
Und von *einem* Rande nippen
Nippen?! Hilf Himmel! Du Münchner Kindl!
Nippen, – ja wohl! Nach Münchner Weise:
Kernig schluckend und häufig.
Ho! Wie werden die Augen blitzen!
Hei! Wie werden die roten Backen
Lustig glänzen, just wie die Backen des
Wappenmönchleins, das bierselig
Über Monachias Tonnen wacht.

Ach, wie freu' ich mich und wie hoff' ich!
Denn wer weiß, – gar viel ist möglich
Gott, wir find amende zum Schlusse
Ganz miteinander einig – Du weißt schon –
Süßes, rundes, braunes, liebes,
Allerliebstes Münchner Kindl,
Und ich küsse die schwellenden Lippen,
Küsse die braunen, blitzenden Augen,
Wühle im knisternden, schwarzen Haar und
Und – – – – – – u. s. w.

Nein, wie ich's so abschreibe: Der Schluß ist verdammt verlogen, gerade als hätt' ich das Gedicht an ein lyrisches Konventikel schicken wollen. Aber es kam mir so, ich weiß nicht, – mir war wirklich zweifelhaft zu Mute. Weißt Du: ich frage mich doch oft: Dieser süße, liebe, herzensgute Kerl ... es geht doch nicht auf die Dauer. Ach was! Wie dumm, daß solche Spinnefenstereien kommen. Aber auch sie wird manchmal so feucht in den Augen und schluchzt sich mir an den Hals und weint und fragt:

»Gell, Du gehst net fort von Münch'n?«

»Aber Mauserl!«

»Ja, wennst ausgschtudiert bist ..«

»Du! Das hat Zeit.«

»Aber gschehg'n thuats halt do' no'.«

Und da kann ich dann bloß »busserln«, bis sie an nix mehr denkt.

Aber meine Gedanken kann ich nicht fortbusserln.

Was thun? Dein Colline.

4.

Aber so was! Wie falsch hast Du, mich wieder verstanden: Nein: so dumm ist Jeanette nicht, daß sie ans Heiraten denkt. Diese Münchner Madln sind gescheiter, als ihr euch in eurer norddeutschen Schulweisheit träumen laßt. Das sind geborene Realistinnen. Jeanette weiß, wie's kommt und kommen muß. Nur die Trennung, natürlich, weiß sie, wird schwer sein. Aber im übrigen giebt's da keinen blauen Dunst. Wir leben und sind glücklich: basta!

Im Freien sind wir am glücklichsten. Sonntags auf die Bahn, ins Schiff, an den Nürnberger See und zwar dorthin, wo's Dampfschiff *nicht* hält. Am liebsten ist uns da Sankt Heinrich, ganz hinten, mitten im Walde, bloß die Kirchturmspitze guckt über die Buchen- und Birken-Wipfel.

Ich bin bekannt dort, bummelte einmal zwei Monate lang da herum, nährte mich schlecht und recht von Kalbsbraten und Rindfleisch in absolut sicherer Abwechselung und war stets glücklich, außer wenn von Seeshaupt oder Ambach Fremde vorüber kamen. Innerhalb 6 Wochen war ich damals so ganz und gar verbauert, daß ich mich wunderte, wenn mich jemand »Sie« nannte. – Jetzt kannst Du Dir hoffentlich denken, wie kolossal nett's dort ist.

Vorigen Sonntag war ich mit Jeanette dort. Bis Seeshaupt zu Schiffe, natürlich 1. Klasse. Jeanette sprach hochdeutsch und war riesig stolz darauf. Sie »hatte an ihr weißes Kleid, in dem so hold mein süßer Schatz mir schien.« Woher das Citat, alter Bibelheiduk? Na wart', später kriegst Du das ganze Gedicht. Bin noch nicht fertig. – Also bis Seeshaupt. Gottvoll da oben auf dem Verdeck, mit ein paar Engländern zusammen. Jeanette benahm sich vollendet wie eine kleine Prinzessin. Durchaus duldete sie nicht, daß ich ihr die Hand drückte.

In Skt. Heinrich erregte unser Kommen Sensation. Meinem alten Wirt stellte ich Jeanette als meine Frau vor. Der Gute sah unsere Hände an und lächelte.

»Trauringe versetzt!« sagte ich.

»Woaß scho, woaß scho!« grunzte er.

Mein Freund Sepp, der Knecht, von dem ich damals mähen und dreschen gelernt hatte, brüllte sein grandiosestes Lachen aus der Ecke.

»A grüß Gott Sepp!« rief ich, »immer noch alleweil besoffen?«

Worauf er sehr treffend antwortete:

»I hoab die Ehr, den Herrn zu begrüßen.«

In dieser Umgebung legte Jeanette jede Spur von Hochdeutsch ab. –

Nachdem wir den ortsüblichen Kalbsbraten hinter uns hatten, schlugen wir uns in die Büsche, die dort liegen, wo der Weg nach Beuerberg führt.

Es war sehr schön ...

Jeanette im weißen Kleid zwischen dem fidelen Frühlingsgrün: superb! Wenn sie nicht anderweitig beschäftigt war, aß sie Brombeeren, d. h. wir aßen sie zusammen. Sie steckte die Hälfte in den Mund und die andere Hälfte biß ich ab. Das ist eine alte, allen Verliebten erbeigentümliche Angewohnheit. Römer, Chinesen, Tungusen, Hebräer: alle machen's so. Ich bin überzeugt, daß es auch irgendwo in der Bibel vorkommt. Willst Du nicht so gut sein und mal nachseh'n? –

Als wir uns genug ausgestrolcht hatten, bummelten wir wieder zurück. (Es kann nicht verschwiegen werden, daß Jeanette allerlei blaue, rote und grüne Flecken an ihrem Kleide hatte. Da sie aber vom Fach ist betreffs der Fleckenbeseitigung, so hat dies wenig zu sagen.)

Auch sonst sahen wir etwas verwildert aus, so daß uns der hereindunkelnde Abend sehr willkommen war.

Folgendermaßen nahm sich unser Heimgang, d. h. der Gang zum Dampfschiffe nach Seeshaupt aus:

Sternsuchen

Der Tag war schön, die Liebe war heiß
Im Heu, im Heu, auf dem Moos, auf dem Moos.
Nun ist die Nacht gekommen,
Das Dunkel still und groß.

Nun gehn wir beide Arm in Arm
Nach Hause, nach Haus, durch die Nacht, durch
die Nacht,
Nun ist sie furchtsam geworben,
Die hell in die Sonne gelacht.
»Koa Licht, koa Haus, i fiercht' mi so!«
– Aber Maus! Aber Maus! Sei gescheit,sei ge-
scheit!
Geh', mumm' Dich in meinen Mantel!
Mein Mantel ist warm und weit.

In *einem* Mantel nun beide versteckt,
So schreiten wir enge, so schreiten wir warm,
Da steigt herauf am Himmel
Der Steine schimmernder Schwarm.

Jeanette sieht die Venus:
»Geh' sag', wie hoast der Stern?«
– Der Stern, Schatz, heißt Jeanette,
Den hab' ich sakrisch gern.

Jeanette guckt zum Himmel:
»I woaß jetz', was i thu,
I such' an recht'n wüasten,
Der wüaste der bist Du!«

Und sucht und sucht und find't nicht.
Geh', laß das Suchen sein,
Die goldenen Sterne am Himmel
Sind alle gleich schön und rein.

Doch wenn Du lange noch hinsiehst,
Werden alle vor Neid sie bleich,
Denn Deinen Augen ist keiner
An schimmernder Schöne gleich.

Nur Deine Sterne such' ich,
Die sind so licht und klar,
Weg'n meiner mag sich trollen
Die ganze Glitzerschar.

Das hat ihr wohl gefallen.
Bald war'n wir am Halteplatz.
Kein Mensch auf der ganzen Erde
Hat so einen herzigen Schatz!

Ich hoffe, daß Du geschmackvoll genug sein wirst, dies Gedicht nicht zu kritisieren. Mir hat's unsinnig viel Spaß gemacht.

Gehab' Dich wohl!
Dein Colline.

5.

Denke Dir, mein lieber, lustiger Theologe: Jeanette macht Verse! Ja, wirklich Verse,»Reimverse«! Eben kam Loni mit dem »Waschwag'l« an meinem Fenster vorbeirasannt, Loni unsre Gruß- botin, die nebenbei die »feine Wasch« ausfährt und sehr stolz ist, daß sich darunter sogar die Nachtjacken einer Gräfin und dito hochderselben Unterhosen befinden; und diese selbe Loni warf mir im Vorübersausen folgenden Jeanettengruß ins Fenster (genau in Jeanetten-Schreibung):

Gschtanzl.

Un di' mag i' busseln
Un di' mag i' gehrn
Du bist mir der Liawer
Von all die scheene Herrn.

Du hast liawe Aigerln
Und gschmach bist fei recht
Und Du hast a guats Herzerl,
Aber an Schnurrbart hast fei net!

Na, guck mal die Bosheit an! Als Nachschrift:»Du hast mir a Versl verschproch'n a!«(Was übrigens die Rechtschreibung anbe- langt, muß ich erklären, daß Jeanette auf meinen Wunsch so schreibt, wie sie spricht. Oh, sie kann Hochdeutsch sehr schön schreiben!)

Wenn Loni zurückkommt, werd' ich ihr folgendes »Versl« über- reichen:

Jeanettens Lied.

Keinen Leutnant will ich haben
Zum Herzallerliebsten mein,

Mein Liebster muß ein Studio,
Ein Studio muß es sein.

Ein'n Krauskopf muß er haben,
Eine rote Schmarre drein:
Mein Liebster muß ein Studio,
Ein Studio muß es sein.

Auf den Locken eine Mütze
Von dunkelrotem Schein,
Mein Liebster muß ein Studio
Ein Studio muß es sein.

Brav trinken muß er können
Braun Bier und hellen Wein,
Mein Liebster muß ein Studio,
Ein Studio muß es sein.

Ein Schnurrbart muß ihm wehen
Von den roten Lippen sein,
Mein Liebster muß ein Studio,
Ein Studio muß es sein.

Der Schnurrbart in der letzten Strophe ist natürlich Tendenzpoesie. –

Aber ist es nicht herrlich, so ein lieb' Mädel zu haben? Donnerwetter, ich muß Dir sagen: es giebt nichts Besseres, und paß auf, Junge: wenn ich ein gutes Examen mache, so ist bloß Jeanette schuld daran. Sie macht mich lustig, lustig zu allen Dingen, sogar zu juristischen. Ja, ich bin förmlich fleißig, alter Schwartenschwenker! Ich arbeite! Und alleweil fidel dabei! Daher geht mir denn auch alles lustig ein. Dinge habe ich in letzter Zeit kapiert, sag' ich Dir, Dinge, von denen ich es nie für möglich gehalten hätte, daß ich sie je *intus* bekäme.

Weißt Du, darin liegt's, was auch schon stud. jur. Wolfgang Goethe gesagt hat: Nicht bloß liebeln leis mit Augen, – Sondern fest uns anzusaugen – An geliebten Lippen. –

Wahrlich, wahrlich, ich sage Dir: so ist's. Gott, wenn ich an die allerlei Schweinereien denke, mit denen sich so viele »akademische Bürger« herum und in den Sumpf quälen! Pfui Teufel!

Jetzt muß ich aber sehen, daß ich die Loni nicht verpasse.

Fidel bis zur Erschlaffung
Dein Colline.

6.

Schon lange, lange, lange, Lieber, habe ich Dir nicht geschrieben. Gott, was hab' ich in der Zeit zusammengeochst! Meine Korpssemester, mein Dienstjahr und alle sonstigen Bummelzeiten mußte ich in sehr kurzer Spanne cerebral abkasteien. Nun, nächstens 'rin ins Vergnügen; ich erwarte die Examinatoren kaltblütig.

Mit Jeanette setzte ich mich auf dünnere Diät, aber auch die bekam gut.

Das Mädl ist so lieb!

Zur Erholung von meinen Rechtsmaterien übersetze ich, bloß dem Titel zu Liebe anfangs, und dann, weil's im Grunde so famos paßt, die »Jeanette« von Béranger. Kennst Du's? Fi les coquettes maniérées« u. s. w.« Ich verfuhr in Versmaß und Ausdruck etwas frei, dachte es ganz auf meine deutsche Jeanette um:

Zum Teufel mit all den zierlichen,
Manierlichen
Koketten!
Ein ganzes Schock ersetzt mir nicht,
Ersetzt mir nicht Jeanetten!

Jung und munter, frisch, gesund,
Ist sie gar schmiegsam und biegsam und rund,
Hei! wie ihr Auge in Flammen brennt!
Freilich, die Prüden schreien kläglich,
Daß ihr Busen, allzubeweglich,
Keine Miederschranke kennt, –
Doch für die Hand, die zärtlich ihn preßt,
Ist das ein Unglück, das tragen sich läßt.

Ei, wie graziös, wie flott, wie fein
Ist doch mein Schätzchen. Nichts schüchtert es
ein.
Welch herrliches Herz! Wie fröhlich lacht's!
Freilich sagt sie auch gerne was Dummes,
Und ihr Mäulchen, – ach, selten ist stumm es,

Aber zum Teufel! Ich frage, was macht's!
Denn, was ihr sagen auch mögt miteinand',
Wunderbar fein ist Jeanettens Verstand.

Geh'n wir des Abends zusammen aus,
Sind wir bei Freunden zu fröhlichem Schmaus,
Steckt sie mit Tollheiten alles in Brand.
Herr des Himmels, wie weiß sie zu singen,
Was für Lieder zum Vorschein zu bringen!
Rein ist die Stimme, der Ton brillant!
Auch im Trinken nicht bleibt sie zurück,
Schluckt von Jedem ein tüchtiges Stück.

Schön in Liebe und lachender Lust
Schnürt sie sich nicht die lebendige Brust
In ein Mieder, mit Seide bedeckt.
Unter einfachem Tuche und Linnen
Hebt sich ihr Busen, und traulich da drinnen
Liegt das fröhlichste Herzchen versteckt.
Und, wenn ich wühle in ihrer Frisur,
Schadets nicht viel, denn es ist halt Natur.

Aber zur Nacht erst sie ganz mir gehört ...
Da ist kein Schleier, der bauschig mich stört,
Keine versagende Seufzelei:
Nein, mit Armen, die feurig pressen,
Und mit Küssen schier unermessen,
Saugt sie die seligste Lust herbei.
Ha, wie in wonnigen Taumel verzückt,
Decken und Kissen im Bett sie verrückt.

Zum Teufel drum alle die zierlichen,
Manierlichen
Koketten!
Millionen Schock ersetzen mir nicht,
Ersetzen mir nicht Jeanetten!

Und ein Hurrah! ruf ich noch höchst persönlich diesem Trumpfreim nach.

Und doch wirds nun bald zu Ende gehn.

Jeanette weiß es wie ich, und in ihren Umklammerungen liegt so schwer und schwach mehr und mehr Abschiedsangst.

Wie sie mich manchmal anschaut, so stehend, fragend: Wie lange noch?

Aber sie weiß mit lachendem Herzruck die Schwermut abzuschütteln, und ich glaube fast, mir wirds schwerer sein.

Ich wollte nur *das* Dir aussprechen. Du lieber, guter, aufnehmender Freund!

Lebewohl!
Dein Colline.

7.

Aus is! Aus is! Ach, Du mein Lieber, –»ja das Exmatrikulieren ist ein böses Ding, ja, ja!« Nicht vonwegen der Examina, – die sind vorüber, und ich bin nun glücklich Referendarius mit 1,50 Pfg. Federgeld vierteljährlich. Aber das viele Schöne, Freie, von dem man Abschied nehmen muß.

Jeanette ...! Mein lieber Marcel, es war ein derber Ruck, wie zwischen uns Zweien das blutrote Liebesband zerriß. Dummer Ausdruck das. Aber mir ist 's so. –

Sie hatte es lange vorher gemerkt, als der Tag kam. Nie sprach sie davon, aber ihre Zärtlichkeiten thaten weh. Wir hatten uns auch versprochen, nicht darüber zu reden. Aber der Zufall störte uns. Eigentlich war er komisch, dieser Zufall.

Eines Abends sitzen wir beieinander, und Jeanette war ausgelassen wie ein Sperling; wir dachten wirklich gar nicht an diese verfluchte nächste Notwendigkeit. Da »klopp klopp klopp«.»Herein!« Und es erscheint Herr Xaver Wambsgans, mein Schneidermeister, mit dem Examenfrack. Wie ein heiliges Kleinod trug er den verdammten schwarzen Leibrock und konnte sichs natürlich nicht verkneifen, Segenswünsche zu deklamieren, denn er ist stolz darauf, daß er die Bestimmung dieser Art Garderobe kennt. Kaum er 'raus, da purzeln ihr auch schon die Salzwasserkugeln über die Backen.»Aber Mausert! Geh' laß das Heulen!« Aber sie legte ihren Kopf an meine Brust und schluchzt und schluchzt, und es will garnicht mehr aufhören, das Rinnen und Gießen. Ich stellte ihr vor, daß ich ja durchfallen könnte und das der Frack kein Beweis sei und alles Mögliche noch.

»Naa, naa, mach koa' Sprüch. I geh'.«

Und sie lief mir heulend davon.

Seit sie den Frack gesehen, war's aus. Keine Gemütlichkeit mehr. Immer lauerten Thränen. Wir waren ganz fidel machmal, – da streift ihr Blick den Kleiderschrank, wo das schwarze Aas hing, und: futsch ihre Heiterkeit: Schluchzen und Weinen.

Dann wieder, kurz vor dem Termin, Umschlag, Ruhe und denke Dir, womit sie mich am Tage vor dem Examen überraschte. Sie erschien mit einem Packet.

»Ja was hast Du denn da?«

»I Hab Dir Dei scheens Hemmad biegelt, dös mit Bleameln vorn, ... für Dei Examen.«

Mensch! Mensch! Da hätt' ich fast geheult... Das gute, gute^ liebe Kind!

Welch eine Kanaille an Undankbarkeit müßte ich sein, könnte ich sie je vergessen. – Wie rührend war ihr Abschied. Fast kein Wort, aber in jedem Blick, in jedem Druck und Anschmiegen so viel stille, große Liebe. Dieser Ganzheit und Wahrheit gegenüber kam ich mir schlecht, lügenhaft, gemein vor.

Und doch wieder dieser starke Wirklichkeitssinn, dieser kräftige Thatsachenmut.

Sie zeigte ihn mir offenbar geflissentlich, die Liebe, Gute, damit mir ihr Schmerz nicht Trauer machen sollte.

»Pfüati God!«

Wie schön, dieses Abschiedswort. Auch ich sagte so, und unsre Augen tranken sich noch einmal. Oh diese großen, braunen Waschmadlaugen! Ich weiß, jeder Gedanke an sie wird mich beglücken. Sammetweiche Fraulichkeit und kindliches Blicklauschen und der lebendige Flackerschalk Übermut. –

Jeanette! Du Meine! Meine!

Ich kann Dir nicht sagen, wie mein Sehnen sich zu ihr hebt und mein Dank, Dank! Dank!

Ich bekomme übrigens keine Briefe von ihr und schreibe ihr keine. Nur, wenn wir heiraten, wollen wir's uns melden. So ward's beschlossen »unter unsrer Linde«.

Dein Colline.

8.

(Bruchstück.)

... Und nun noch eine Mitteilung: das Leitmotiv von früher, Jeanette, klingt auf. Daß sie geheiratet, schrieb ich Dir wohl vor langem schon. Und nun denke, denke, gestern teilt mir die kleine Frau Stöpfle (Spezereiwarenladeninhabersgattin) das erste »kleine« Ereignis mit. Und wie fidel sie's thut! Sie ist der lustige, liebe, gute, humorvolle Kerl von früher geblieben, offenbar. Sie schreibt auch, mir zur Liebe, im »Leheldialekt«: »Und woast, wia mir den Bub'n 'tauft ham? G'wiß moanst auf Dei Nama? Koan Schein! Viel scheenere Namen hat er: *Pankratius Servatius*. Woast, dös san d' Heilig'n vom 12. und 13. Mai. So recht g'nau Hab' i s' nimmer g'wußt, war's am 13. oder am 12. Mai, daß wir uns zum ersten Mal g'sehn ham, drum hab' i eahm glei' alle zwoa Nama gehm, daß net g'fehlt is aa! Mei Alter hat freili a bisl g'schaugt.«

Dös glaab i aa! Pankratius Servatius Stöpfle!

Dein Colline.

Die Mondmarie

Der Doktor, der Amtsrichter, der Redakteur und der Major saßen beieinander in ihrem »abonnierten Zimmer«. Es war der »Tag ohne den Pastor«, der Sonnabend.

»Einmal in der Woche, schwerebrett, muß man doch ein vernünftiges Wort reden dürfen,« hatte der Doktor gesagt, und so hatte man den »Tag ohne den Pastor« eingerichtet. Während Hochwürden Ewald drüben in seinem Zimmer auf und ab memorierte (man sah zuweilen seinen Schatten hinter dem grünen Rouleau) saßen hier im »goldenen Fässel«, dem Honoratiorengasthaus der schlesischen Kreisstadt F., seine bösen Freunde und sprachen von der Welt und ihrer Lust. Aber nicht im Tone des Wüstenpredigers.

Gestatten Sie, verehrteste Leserin, daß ich Ihnen die Herrschaften vorstelle.

Hier Herr Doktor Rudolf Windler. Sehr viel Frauenpraxis. Viel angeschwemmte Höflichkeit, aber ein böses Maul im engeren Kreise. Er reitet gerne auf dem Borstentiere ins Reich der eindeutigsten Zweideutigkeit.

Daneben Herr Dr. Georg Holinger, Amtsrichter. Jurist wider Willen, daher ein saures Hirn. Aber ein freier, scharfer Kopf und eine vornehme Seele. Er hört mehr zu, als daß er selber spricht.

Drüben Major Wendsattel. Ein kleiner, fester Kerl, soldatisch stramm äußerlich und innerlich. Aber er hält es nicht für Offizierspflicht, in allen nicht militärischen Dingen borniert zu sein. Er ist sogar Abonnent einer literarischen Zeitschrift, weshalb die Leutnants im Stillen »Witze« über ihn machen. Und neben ihm schließlich: Herr Redakteur Gerwender. Nicht einmal Doktor. Ja, gesteh ich's nur offen: nicht einmal Redakteur. Man nennt ihn nur so, damit er wenigstens eine Art von Titel habe. In Wahrheit ist er bloß – Dichter. Schreibt Romane. Der Teufel weiß, was für welche. Lebt in der guten Stadt F. wie ein Fremdling. Der Herr Amtsrichter hat ihn als ehemaligen Universitätskameraden am »akademischen Tische« eingeführt, aber nur für den »Tag ohne den Pastor«. Denn Gerwender ist ein böser Christ, der nicht einmal *pro forma*, in die Kirche geht. Zur Literatur von F. kann er nicht gerechnet werden, denn er schreibt weder am »Kreisblatt« mit, das von einem Buchbinder redigiert wird, noch gehört er dem »poetischen Kränzchen« an, das unter der Leitung des Herrn Schulrektors »ausgewählte Stücke der besten Klassiker mit verteilten Rollen« liest.

Also diese Herrschaften saßen im »goldenen Fässel« beieinander, tranken dickes Kulmbacher Bier und rauchten Zigarren; der geizige Doktor Windler so schauderhafte, daß selbst die gypserne Germania mit dem drohend erhobenen Schwerte ein Gesicht schnitt. Vielleicht schnitt sie's auch ohne diese Zigarren, gleichviel, aber es sah gräßlich aus, wie sie die Oberlippe rümpfte.

Der Amtsrichter, der für die Kreisstadt F. vielzuviel Geschmack hatte, wollte schon längst diese Gypsheroin abschaffen lassen, aber das hätte einen unpatriotischen Eindruck gemacht. Auch hätte dann das Pendant zu dem großen Bierkruge gefehlt, der die Form des Niederwalddenkmals hatte, weshalb man nicht aus ihm trinken konnte.

Der »Redakteur« litt besonders unter des sparsamen Mediziners Kreisstadtzigarren. Er bot ihm also eine der seinen an. Dabei sagte er: »S' ist eine Östreicher, Regalia Favorita heißt sie feierlich und offiziell. Ich nenne sie »Mond-Marie«.

»Mond... wie?« fragte der Amtsrichter.

»Mond-Marie, – ja. So'n Einfall. Zur Erinnerung an eine merkwürdige Geschichte, die ich mal erlebt habe. Oder auch nicht merkwürdig. Nur eigen. Ganz eigen. Wenigstens für mich.«

»Also dann los mit der Geschichte!« kommandierte der Major.

»Ja, wenn es Sie nicht langweilt? Mir macht's schon Spaß, sie zu erzählen. Ich wühle gerne in alten Schatullen. Es war in Salzburg.«

»Oh, Peterskeller!« himmelte der Doktor, und auf seiner dicken Unterlippe lagerte es wie ein öliger Glanz tokayriger Erinnerung.

»In der That: Peterskeller! Dort hub's an. Ich war von Wien gekommen. Eine Ferienreise. Irgend jemand muß mir damals Geld gepumpt haben. Ich war nämlich noch Student.«

Der Amtsrichter grinste.

»Du nicht, Verehrtester. – Also ich war in Wien gewesen, wo mir die oberste Galerie des Burgtheaters außerordentlich gut gefallen hatte. Da waren nämlich so saubere Hascherln von Mädeln ....«

»Bitte keine realistische Lyrik, Hermann!« rächte sich der Amtsrichter.

»Fällt mir nicht ein. Aber ich muß doch erzählen, wieso ich nach Salzburg kam, aus welchem Milieu und in welchem Stimmungszustande.«

Der Major: »Ganz recht. Sie hätten das von Wien ruhig ausmalen können.«

»Nein, nein. Wehe dem, der Misogynen Ärgernis giebt! Ich fange also mit Salzburg an. Denken Sie: es regnete nicht! Drei Tage lang. Ich war selig dort!«

»Im Peterskeller?« witzelte der Mediziner.

»Nein, auf dem Gaisberge, bei den Kapuzinern und auf dem Festungsberge. Nichts Schöneres habe ich noch gesehen als von da oben, nicht weit von der Feste Salzburg, von einem Aussichtspunkt herunter; ich weiß nimmer, wie er heißt. Es ist mir nur ein Vers in der Erinnerung geblieben, der dort irgendwo angeschrieben stand!

»Die Kellnerin, die gute Seel',
Tränkt wie Rebekka die Kameel.«

Es ist nämlich eine Restauration dabei, und ich erinnere mich eines österreichischen Feldwebels, der dort mit Stolz erklärte, in der »blauen Gans« geboren zu sein, worüber alle lachten.

»Zur Sache, wenn's beliebt«, rief der Amtsrichter.

»Ja doch! Aber ich komme nicht los von da oben, wenn ich daran denke. Links sieht man da den Gaisberg mit seiner vasallisch zu ihm aufblickenden Umgebung, und die Salzach silbert an seinen Füßen und wirft ihre Wellen in dies Sonnengold und es ist ein Glänzen in der Schönheit der Natur. Und gleich, nahe daran, die alte Stadt, ein paar Dutzend goldener Kreuze aufreckend aus ihrem Gassendunkel in den strahlenden Himmel, schattengeborgen im Schütze der alten erzbischöflichen Zwingfeste mit ihren Türmen,

Giebeln, Erkern, Thoren, Zinnen. Wie ein grauer, breiter Mauerschild hebt sich diese Bergfeste aus dem Gewinkel des zusammengekrochenen Ortes. Aber grün umbucht von unten auf, und dahinter, über ihr, weit, wunderherrlich weit, im weißblauen Schimmer, schroffig, zackenscharf das Gebirg. Rechts aber, über durchleuchtetem Baumgrün nähere Berge, und wendet man sich um, geht der Blick in hügelwelliges Land, das flach sich in Ebene dehnt.... Aber das läßt sich ja nicht schildern.«

Der Amtsrichter:»So schildere es auch nicht.«

Der Doktor:»Ja, und wann kommen Sie eigentlich in den Peterskeller?«

Der Major:»Den Herren Zivilisten scheint es schlechterdings unmöglich zu sein, ihren Zungen mal auf ein paar Minuten»Stillgestanden« zu kommandieren. Lassen Sie unserm Dichter nur seinen Stimmungsanlauf nehmen.«

Der Doktor:»Ja aber die Mondmarie? Die Zigarre ist übrigens gut.«

»Ja ... die Mondmarie ... Also kurz! Aber fast ... ich weiß nicht... Sie dürfen sich auf nichts Spannendes gefaßt machen. Es ist ein ganz simples Abenteuer. Ein bißchen abenteuerlich schon. Aber ich weiß nicht, ob ich das so herausbringen kann, denn vielleicht ist das Abenteuerliche in der Geschichte bloß für mich enthalten. Wissen Sie: persönliche Stimmungssache.

Ich sagte schon, daß ich damals noch Student war. Dreiundzwanzig Jahre. Keine Sorgen auf dem Buckel. Alleweil fidel. Ich konnte stundenlang unterm blauen Himmel wandern und nichts thun; nichts, nichts, als an ein paar Reimen lecken, die mir durch den Sinn flogen und mir süßer schienen als aller Honig des Hymettos, den uns ehedem unser Konrektor so verzückt gepriesen, als hätte er ihn selbst gekostet. Ich dichtete den ganzen Tag und schrieb kein Wort. Ich sah in den Himmel und guckte dabei in mein Herz. Ich konnte mein Gesicht in die Halme der Juliwiese vergraben und den Erdboden küssen und dabei rufen: Ich liebe Dich! Liebe Dich! Liebe Dich!«

»Wen denn?« fragte der Doktor.

»Ein bloßer Mädchenname machte mich innerlich stammeln vor Seligkeit, und ich habe damals viele Bäume umarmt. Ach, und in die Sonne war ich verliebt! Du! Du!! Du!!! habe ich zu ihr hinauf geschrieen. He, Du Goldene Du! ... Ach! – Aber wenn es regnete, ging ich gerne trinken. Dann guckte ich ins Glas und war ganz stille. Nur die Verse rumorten. Und dann schrieb ich mir auf, was hängen geblieben war aus den goldenen Tagen. Es stieg aus mir heraus und ließ sich nochmals genießen, indem es geboren wurde zum Gedicht.«

»Poesie ist also gleich Genußwiederkäuen?« fragte der Amtsrichter.

»Wenn Du es rauhbeinig ausdrücken willst: ja. Bei mir wenigstens. Aber ... also ... Ja so denn! Es war so ein Regentag gekommen. Um fünf Uhr nachmittags hatte es angefangen. Ganz leise. In Spritzern wie von ungefähr. Dann waren seidene Fäden draus geworden. Dann schleierte es hellgrau herunter. Und ich ging in den Peterskeller. Der Doktor mag erzählen, wie heimlich schön es da unten ist. Nein? Sie wollen nicht?«

Und der Doktor:»Nee. Erzählen Sie nur weiter.«

»Gut. Aber vom Peterskeller kann ich nicht viel sagen. Ich saß und saß und trank und trank. Ruster Ausbruch. Er ist dort nicht so medizinal, so dick und rekonvaleszentenweinmäßig, sondern schier leicht und linde. Mir kam er ganz ungefährlich vor, wie ein biederes Weinchen, in dessen Seele keine Fallen liegen. Ich gab mich seiner Liebenswürdigkeit furchtlos und treu hin. Gell, Du bist nicht schlimm, sagte ich zu ihm und er erwiderte:»I bewahre, nimm mich nur, Bruder, nimm mich an Dein Herz. Ich kenne keine Tücken.« Und ich nahm ihn an mein Herz, ach, so häufig und, ach, so andauernd. Es war ein Seelenbund.«

»Verflucht«, sagte der Major,»und wir müssen Kulmbacher trinken.«

»Aber der Bursche war perfid. Gemütlich war er in mich hineingekrochen, ließ sichs wohl sein in traulichem Gespräch mit meiner Seele, karessierte sie, wie ein Student seine Sonntagnachmittagsliebste, und schau da: hopp, hopp, puff – mit einem Male hatte er sie unter und war Herr und Gebieter, zügellos, brutal. Sie sagte nicht mehr maff.

In diesem Zustande befand ich mich, als ich vor dem Peterskeller stand. Weiß nicht, wie ich herausgekommen bin. Weiß auch weiterhin fast nichts mehr. Nur dies: ganz dunkel war die Nacht, wie feuchter schwarzer Sammet. Das Wasser lief kluckernd mir zu Füßen in tausend Rinnsalen. Ich fühlte vorübergehend Lust, mich direkt in eine Pfütze zu legen. Dann sah ich ein Licht. Da oben links. Gaslaterne? hin! Es war ein Weg zwischen zwei Gartenmauern. Ich lehnte mich an eine und griff in dichtes Rankenwerk. Da streift etwas an mir vorbei, schiebt mich fast auf die Seite. Na? Es kommt zurück, und eine Hand faßt die meine. Und nun: schwarz, schwarz, schwarz alles. Ein Schlund hat mich verschluckt. Ich weiß nichts mehr. *Gar ... nichts.*«

Der Major, der Doktor, der Amtsrichter *unisono*: »Na? ... und? ... was?«

»Der Ruster war auf meiner Seele zum Teufel geritten, und der Teufel nur weiß, was mit ihr geschehen.«

Der Amtsrichter: »Halt uns nicht zum Narren! Was war's!?«

»Weiß ichs?! Am nächsten Morgen, nein! am nächsten Nachmittag, so etwa um vier Uhr erwachte ich. Bei Gott: in einem Bette. Aber wo denn? Wo? Was ist das für ein Zimmer? Was sind das für grüne Vorhänge da? Ja, .. ich ... was ist denn eigentlich ... alle Wetter, habe ich denn den Verstand verloren? Was war denn gestern ... Gestern? . . Da klimpert mich das Salzlmrger Glockenspiel ins Bewußtsein. Richtig! Salzburg! Ja freilich: Das ist ja mein Zimmer im Europäischen Hof. Aber gestern, gestern? Was war denn? Ich blicke um mich: *mein Gott*! Da liegen meine Sachen, wie aus einer Lehmgrube gezogen, dick bedreckt, wirr in der Stube herum. Wenn ich nur wüßte, was gestern ... Mein Kopf ist leer und dumpf. Ich klingle den Hausknecht herauf. Er kommt und lächelt ganz sonderbar.

Ich blicke nur fragend auf meine Kleider.

Und nun erzählt er mir: Früh um drei Uhr habe ich ihn herausgeklingelt, er hat das Thor geöffnet, und ich bin ihm wortlos an die Brust gesunken. Dann hat er mich in mein Zimmer getragen. Weiter wußte er nichts zu melden, las meine Kleider auf und ging.

Noch immer hatte ich keine Ahnung. Ich machte die Augen zu und fragte höflich, aber dringend in mich hinein: »Bitte: was ist geschehen! Nu, wirds bald!?! Was war los! Gestern! G.e.s.t.e.r.n!« Keine Antwort. Ich mache die Augen wieder auf. Halloh! Da liegt meine Brieftasche. Wie in einer Eingebung greife ich darnach, mache sie auf, blättere sie um, nach dem Geldsache zu, – da: Zeus Kronion mit tausend Blitzen, schreckende Helle einen Augenblick, und ich sehe folgendes Bild: ein offenes Fenster, ich in einem Lehnsessel, vor mir ein junges Weib im Unterrocke; das Hemd ist ihr über die rechte Brust heruntergefallen, und ich sehe auf dieser Brust in einem grausilbernen Zwielichte ein kleines, braunes Muttermal in der Form eines schmalen Halbmondes, und im selben Momente rufe ich aus: Mondmarie! ... Mausehaken! .... Aber pardautz war es auch vorbei mit aller Helligkeit. Dunkelste Dunkelnacht. Nur, wie im Dämmer, das Gesicht eines kleinen Mädchens .... Es verschwindet, ich sehe nach ... Weit zurück, weit, weit ... Ja, Du lieber Gott: da bin ich ja in meinem Institute ... Mondmarie! .. Mausehaken ... !..?.. Ah, ah, ah so! So! So! Ist das denn möglich? Ist das denn.... ? Aber freilich! freilich!«

Der Major: »Entschuldigen Sie! Es ist unmöglich zu verstehen, wo das hinauswill! Was heißt das: Mondmarie! Mausehaken!«

»Lassen Sie mich nur! Lassen Sie mich! Ich muß erzählen, wie ich es damals empfand und sah, aus Nebeln heraus und dann heller, und dann klar. Also das kleine Mädchen ... Richtig! Richtig! Die Marie vom alten Doktor Rannert! Freilich! Freilich! Nnd so war die Geschichte gewesen! Wir hatten, der dicke Hofmann, Kapellmeister Mehlers Otto und ich, eine Woche Ferienabzug bekommen im Institute, irgend welcher Dummheiten wegen. Wir waren damals etwa 10 Jahre alt. Es war im Juli und sehr heiß. Da waren wir, weil es wenig Aufsicht gab, herunter gekrochen in den Baderaum, hatten das große Bassin voll Wasser gelassen, und nun die Sachen aus und hupp hinein. Das Bassin, für warme Winterbäder berechnet, lag im Souterrain. Das Licht kam durch Milchglasfenster. Daß die im Sommer auf waren, hatten wir gar nicht bemerkt. Und nun unser Schreck, wie wir so herumplätschern, und auf einmal ruft jemand durchs Fenster herunter: He, ihr, was macht ihr denn da? –

Der dicke Hofmann tauchte vor Schreck gleich unter, Mehlers Otto und ich aber ließen wenigstens die Köpfe noch an der Luft und starrten in tausend Ängsten nach oben. Ach, da stand ja Doktor Rannerts Marie oben!? »Fort!« rief ich, »Fort! Daß 's niemand merkt!« Wir *dürfen* ja nicht!« Sie aber (sie sprach richtiges DreZdnerisch): »Derf ich e bißl 'runter gomm zu eich??«

»Duuuu?« sagte der emporgetauchte dicke Hofmann. »E Määdchen?!«

Und sie: »Neja, warum denn nich? Ich gomme!« Und richtig, da war sie auch schon.

Wir saßen zusammengekauert alle drei auf dem Boden des Bassins und kicherten sie an. Sie machte aber ein ganz ernsthaftes Gesicht und sah uns der Reihe nach an mit einem wunderlichen, oder soll ich sagen: wißbegierigen, besser noch: wißgelüstigen Blicke. Dann sagte sie plötzlich: »Darf ich mich ausziehn?«

»Neja. wenn Du willst,« kicherte der kühne Otto. Darauf sie: »Abers Fenster mißt'r zumachen.«

Sofort kletterte ich hinauf und schob das Klappfenster in die Höhe. Wie ich wieder herunter kam, sah ich, baß sie keinen Blick von meinen Bewegungen ließ. Ich schämte mich augenblicklich und platschte ins Wasser.

»Bist Du aber dumm!« sagte Marie.

Und nun zog sie sich langsam aus.

Wir wunderten uns, daß sie sich gar nicht schämte, und wagten fast nicht sie anzusehn. Je mehr sie ihre Kleider von sich legte, um so unbehaglicher wurde speziell mir. Dagegen war der dicke Hofmann mit einem Male sehr kouragiert worden, und während die beiden andern beklemmt abwärts sahen, rief er aus: »Jetzt is se fieserfasernackch«, und wie wir aufblickten – wahrhaftig, da kam Rannerts Marie ganz nackt auf uns zu bis an den Rand des Bassins.

»Nu gomme ich 'rein, ja?«

»Komm' nur,« sagte der dicke Hofmann und stand aus dem Wasser auf und ging ihr entgegen. Herrgott wie funkelten da ihre Augen!

Und wie sie einen Fuß hob, ins Bassin hineinzusteigen, und sich überbeugte, da war der dicke Hofmann bei ihr und nahm sie bei der Hand. Es sah ganz feierlich aus.

Plötzlich lachte er, tippte ihr auf die linke Brust und sagte: »Guckt e'mal, was se da für'n Mond hat!«

Sie lächelte fast wie wenn ihr das gefiele und sagte: »Das is e Muttermal. Das hat meine Mutter gerade dort auch.«

Wir aber, mutig geworden, umringten sie und betrachteten das »Wundermal«, wie wir verstanden hatten, und Mehlers Otto war es, der das Wort wählt: De Mondmarie.

Dann tummelten wir uns samtviert im Wasser und waren sehr vergnügt. Die Mondmarie war ausgelassen wie ein junger Spatz und wünschte nur immer und immer wieder, wir sollten sie »schubbsen« oder tragen. Dann wurde sie mit einemmale still, schämte sich, zog sich eilends an und ging unter unzähligen Bitten, ja niemand was zu sagen.

Es hat sie auch niemand von uns verraten, nur heimlich und geheimnisvoll unter uns nannten wir sie Mondmarie.

Im Institute aber kam ein anderer Name für sie ans.

Es war ein paar Jahre später, daß häufig Schüler bestohlen wurden. Nur Kleinigkeiten, Näschereien oder kleine Schmuckstücke und dergleichen. Und bei Doktor Rannerts Marie waren durch ein Dienstmädchen die Sachen gefunden worden. Wie sie es gemacht hatte, blieb unentdeckt, denn sie gestand nichts. Aber sie erhielt den sächsischen Spitznamen »Mausehaken« dafür.

Ihr Vater that sie fort. Erst als sie 16 Jahre alt geworden war, kam sie wieder, wurde aber selten gesehen, denn sie war fast immer in einem Kindergarten als Aufseherin beschäftigt.

Sie war ein hübsches Mädchen geworden, von geschmeidiger Figur; ihr Gesicht war durchsichtig blaß, und ganz sonderbar: die Sommersprossen darauf gaben ihr einen besonderen Reiz.

Wir drei von »damals« waren allesamt in sie verliebt, aber sie hat uns gar nicht beachtet, obwohl sie sich eines jeden von uns genau erinnerte. Das konnten wir, so dumm unsre 16 Jahre auch waren, doch aus ihren Blicken sehen. Das waren schnelle Gleiteblicke, in denen etwas Listiges steckte.

Der dicke Hofmann war besonders verliebt und zwar, wie ich mir jetzt sage, seine Verliebtheit hatte schon einen Stich über das hinaus, was man den Sechzehnjährigen als Schülerliebe hingehen laßt. Er malte verdächtig oft kleine Halbmonde. In allen Grammatiken und im Cornelius Nepos, Cäsar und Xenophon waren diese Monde zu sehen. Sogar an die Wandtafel hat er in der Zerstreuung einmal einen Mond gemalt, aber gleich wieder verwischt.

Da geschah etwas, das das ganze Institut, wenigstens die Oberklassen, in Aufregung brachte: Doktor Rannerts Marie, der »Mausehaken« war »durch«, mit einem neunzehnjährigen Schüler der ersten Klasse, einem Serben Namens Wiokovitsch durch. Und dem Armen alten, den wir den »Rumpelkäfer« nannten (ich weiß wirklich nicht warum), hatte sie richtig ein paar 100 M. mitgenommen. Er starb bald darauf aus Gram über sein Kind.

Von dem hat Niemand mehr was gehört.

»Und sie glauben also, daß diese »Mondmarie« ...?«

Ich weiß nur, was ich Ihnen erzählte. Dieses plötzliche Aufflammen jenes Bildes, als ich meine leere Brieftasche sah, jener Ausruf von mir, der mir ganz unbewußt auf die Lippen kam ... wie war das alles zu erklären, wenn nicht als Reflexbild eines wirklichen Geschehnisses, von dem mir die Betrunkenheit im übrigen alle Erinnerung genommen hatte?

Die Mondmarie hatte mir übrigens gerade noch Geld genug für eine Regalia favorita im Beutel gelassen, und dieser Hochherzigkeit zu Ehren habe ich dann die Zigarre auf ihren Namen getauft ...«

»Die Zigarre ist gut,« sagte der Doktor.

»Das Mädel weniger,« meinte derMajor.

Der Amtsrichter aber sprach :»Ja, wenn die Mädeln »wißgelüstig« sind ...«

Der Negerkomiker

Wie van Staanen nach Leipzig kam, war er ein kleines hübsches Kerlchen von zwanzig Jahren, hatte rote Bäckchen wie ein Backfisch, lebhafte blaue Augen, die mit einer ruhigen Vergnügtheit von Ding zu Ding und Mensch zu Mensch blitzen, – sonderbar unschuldig. Er war weder geistreich, noch dumm, hatte einen großen Wechsel, ging in naturwissenschaftliche Kollegs, besuchte die Gewandhauskonzerte, fehlte auch nicht im Theater, wenn es eine Première gab. Ein Berufsstudium hatte er nicht, er hielt sich »studierenshalber zum Vergnügen« in Leipzig auf.

Sein Vater war ein steinreicher amerikanischer Bankier, der ihn in Deutschland das Gymnasium hatte absolvieren lassen und der ihm nun, so schrieb er ihm nach der in einer kleinen westphälischen Stadt bestandenen Maturitätsprüfung, »vier Jahre Freiheit« gab. »Du sollst ein deutscher Student sein, so fröhlich wie nur irgend Einer, und ein »Bursch« werden, wie sie dort sagen. Denke an Deinen Onkel, meinen Bruder Franz! Was war das für ein lustiger Junge! So knapp er's hatte auf der Universität, er war immer fidel. Ich habe ihn oft beneidet, wenn er so aus Leipzig schrieb von seinen »Suiten« und Fröhlichkeiten, ich Drehsesselhocker damals in Hamburg. Daß er sobald sterben mußte!«

Dieser Bruder Franz schwebte dem alten van Staanen, der schon Anfang der sechziger Jahre nach Amerika gegangen war, als der Typus des deutschen Studenten vor: die zerknitterte blaue Mütze auf dem Kopfe mit den langen blonden Haaren, die Pfeife im Munde, flott und ungezwungen, voll übermütiger Lieder. Nach seiner Meinung wimmelten die deutschen Universitäten noch heute von solchen »Burschen«, und so einer sollte sein Karl auch werden. Es ärgerte ihn daher, wenn dieser von seinem Leben schrieb, von Konzerten, Theatern und Bildersammlungen. »Nein, nein, Karl! Das spare Dir auf spater. In den ersten Semestern will ich davon nichts hören! Werde ein Bursch!«

Der kleine van Staanen, der sich ohnehin zu langweilen anfing, da sein Interesse für Konzerte, Theater und Bildergalerien in der That nicht gerade tief war, und der überdies seinem Vater aufs Wort gehorchte, meldete sich also bei der alten Verbindung, der ehemals sein Onkel angehört hatte.

Er wurde mit offenen Armen aufgenommen und entwickelte sich sehr schnell zum Renommierfuchs erster Güte. Man konnte offenbar aus ihm machen, was man wollte. Sein Wechsel war gut, sein Magen war gut, sein Handgelenk war gut. So ward er ein in jeder Hinsicht brauchbarer Kouleurbruder: als »Geldschwinger«, als Trinker und als Schläger.

Schon nach einem halben Jahre war er kaum wieder zu erkennen. Er hatte ein paar dicke weiße Backen, seine Augen waren etwas wässerig geworden und blickten schneidig arrogant, wenn auch im Grunde kindliche Gutmütigkeit in ihnen lag; er machte seinen »grimmschen Bummel« so selbstbewußt gravitätisch wie nur irgend Einer. Sogar »äh-bäh« konnte er sagen.

Nach und nach schlug er seine Mensuren und paukte sich zum Burschen heraus. Dieses Ereignis wurde dem Alten hinübergekabelt, der sofort gleichfalls per Kabel seiner Freude Ausdruck und dem Bankier Anweisung gab, Karls Monatswechsel zu erhöhen.

»Hol mich der Teufel, so'n Alter ist noch nicht dagewesen, so lange die Welt steht,« sagte Karls Leibbursch bei diesem »Familienereignis«, – wir werden ihm das Ehrenseil geben müssen.«

Kein Wunder, daß der kleine van Staanen bald zu den führenden Geistern der Verbindung gehörte. Als Fechter war er zwar etwas zu phlegmatisch, »biß nicht viel heraus«, aber er stand wie ein »Baum«. Manchmal schien es fast, als wenn es ihm Vergnügen bereitete, von allen Seiten mit »Blutigen« zugedeckt zu werden. »Er stopselt heute wieder mal aus Prinzip,« sagten dann seine Kouleurbrüder. Der »kleine Amerikaner« aber lächelte und that nach dem Gebote der Schrift: hatte er auf die Linke eine Quart erhalten, hielt er die rechte hin und kassierte eine Terz ein. »Ich finde das ganz nett,« pflegte er zu sagen.

Es war übrigens gut, daß er hier und da Blut verlor, denn er fing an, auffällig massig zu werden.

Merkwürdig war, daß er sich um die »Weiber« gar nicht kümmerte. Die »kleine Anna« hatte ihn schon ein paar mal kontrahieren wollen, aber sie gelangte zu nichts weiter als zu der Überzeugung, daß er ein »Stumpfhuhn« sei. »Und dabei so 'n Wechsel! S' is zu bleedsinnig!«»Na wart' nur,« entgegnete ihr der »dicke Otto«, ein erotisches Kraftgenie von einem Mädel, »laß'n nur mal an 'ne *richt'ge* gomm', denn sitzte'r mit *eenem* Male dicke drinne, aber feste!« Der dicke Otto hatte nämlich Erfahrung ... Und richtig! Mit einemmale saß er dicke drinne. Und feste.

Das kam so:

Das Wintersemester war vorbei – (ich meine das Kouleursemester, denn die kalendarischen Einschnitte in der Kollegordnung hatten keinen Einfluß auf die persönliche Zeitrechnung des kleinen Amerikaners) –: man ging nicht mehr im Kouleur, sondern in »Bummel«, die offiziellen und offiziösen Frühschoppen und Kneipabende waren sistiert, es herrschte die unakademische Freiheit. Van Staanen Pflegte sich in solchen Zeitläuften furchtbar zu langweilen, denn er hatte sich an des Trinkens und Fechtens ewig gleichgestellte Uhr so gewöhnt, daß er durchaus nicht wußte, was er mit seiner Zeit anfangen sollte, wenn der Kouleur- Stundenplan fehlte. Der »stille Suff« war noch die einzige Rettung, oder die zwanglosen Frühschoppen mit ein paar anderen gleichfalls in Leipzig über die Ferien gebliebenen Kouleurbrüdern, Frühschoppen, die von 11 Uhr Vormittags bis 12 Uhr nachts und länger dauerten und furchtbar waren für Erfindung neuer Knobeltouren mit meist scheußlichen Bezeichnungen und für die Dichtung neuer »Wirtinverse«: »Frau Wirtin hat auch einen« . . u. s. w.

Aber im Grunde mopste man sich dabei doch schauderös. Da fehlte der und der und der, und da gab es nichts Aktuelles von der letzten Mensur,und da fehlten alle die brillanten Renommieranlässe, wie die letzte große »Besäuftheit« und dergleichen. Auch der Skat verlor schließlich mal seinen Reiz, wenn man den Lachs fortwährend mit den gleichen Leuten fangen mußte.»Uaah!« war der Laut, der immer und immer wieder von des kleinen Amerikaners Lippen kam.

»Uaah! Verfluchte Ödigkeit! Der Stumpfsinn! Puh!«

»Ja, was sitzste denn egal hier, Kleener? Reiß Dich doch mal raus aus dem Biersumpf!? Komm doch mal mit, irgendwohin!? De mußt ja versimpeln!?«

»Na Gott, wohin denn!? Ist ja nichts los in dem Neste! Wohin Du kommst: Heringsbändiger. Ekelhaft!«

»Was gehn Dich denn de Häringsbänd'ger an! Luft! Man sieht se einfach nich!«

»A! Eklig! Zu stumpf! Ich werde mich in den Korb legen.«

»Unsinn! Sei mal vernünftig! Komm doch mal mit, ins »Pologne« meinetwegen. Was soll denn überhaupt Dei Vater sagen, wenn de nach Amerika kommst und bist noch in keen' *Tingeltangel* gewesen? So 'ne Unbildung!«

»Meinetwegen! Gehn wir! Ich komme ja *um* hier!«

Und sie gingen.

Es war schon halb zehn Uhr, wie sie in den Tunnel des »Hotel de Pologne« kamen. Eine angefettete Chansonette sang eben: »Hab' ich nur Deine Liebe.«

»Pfui Teufel! Ich kehre um«, sagte der kleine Amerikaner.

»Unsinn! Da bleibste! Nee, gucke doch da! Da unten sitzt ja Stilpe!? *Natürlich!* Also komm! Er hat auch noch *Platz.*«

Stilpe, ein inaktiver Bursch der Verbindung, genannt der Mulatte, weil er in der That mit einem Indogermanen wenig Ähnlichkeit hatte, saß direkt an der Rampe, wie immer. »Ich liebe in solchen Dingen die Froschperspektive,« pflegte er zu sagen, um diese Angewohnheit zu erklären. »Der Blick ist intimer so.« Als sie zu ihm nach vorn kamen, hatte die Fette (Trudi Muff hieß sie auf dem Programmzettel) eben ihr Lied beendet, und Stilpe rollte ihr als Zeichen seines Beifalls eine Konservenbüchse mit *Corned beef* hinter die Koulissen. »Närrsches Luderchen!« sagte zum Danke das dicke Mädchen. Er hatte übrigens noch eine ganze Reihe von derartigem »praktischen Lorbeer« vor sich stehen.

»Ja, *Stilpe*!?«

»Nanu!? Sogar Jankeedudelchen kommt in diese Höhle der wilden Europäerinnen? Oh Sternenbanner! Sternenbanner! Geh Halbmast, Du Fahne Kolumbiens!«

Stilpe war nämlich der Ironiker in der Kouleur, ein interessant verbummelter Kerl. Niemand pumpte den kleinen van Staanen so an, wie er.

»So! hier an meine Seite, Mann aus dem wilden Westen! Aber bitte mit der Brieftaschenseite an mich heran, denn diese marinierten Lorbeern mit Anchovis werden noch immer nicht gratis verzapft, und mein Portemo *nee* is noch immer kee Portemo *ja*. Versteht mich dieser Naturbursche?«

»Mach keine faulen! Brauchst Du was, so rede deutsch!«

»Jetzt haben sogar die Bankierserzeuglinge schlechte Laune! Ich wähle Bebel! Gieb mir fufzig Mark, und ich lehre Dich das Pologne kennen, innerlich und äußerlich. Ho! Da klafünft der Kerl schon wieder *Bravoooo*!«

Entrüstetes Zischen im ganzen Raume. Eine außerordentlich dürre Sängerin war aufgetreten und begann wie ein Gassenjunge zu kreischen:

»Kann ich dafür? Kann ich dafür?«

»Nischt kannste dafür, mei' Mädchen!«

»Pst! Ruhe! Pst!«

Stilpe mußte wirklich den Mund halten.

Fräulein Grete Köner war nämlich der Liebling dieses Publikums, das für Hautgout nicht ohne Sinn war. Trotz ihrer fast skelettartigen Dürre hatte sie einen ganz eigenen Reiz. Eben den der Fäule, aber Edelfäule konnte man das schon nicht mehr nennen. Es war etwas sonderbar Lockendes in ihrem Wesen; wenn man ihre grünlichen Augen sah, die sie immer wie im Fieber weit offen hatte, so konnte man meinen, auf ihrem Grunde müsse etwas Tiefschmerzliches und Tiefböses und Tiefschönes liegen, jedenfalls etwas, das zu schauen und zu heben es sich verlohnte. Etwas Furchtbares hatten diese Augen für jeden, der ihnen einmal nahe gekommen war und die Unglücksgabe der Phantasie besaß. Sonst war alles eher abstoßend als anziehend an ihr. Nur noch die freche Lüsternheit ihrer Bewegungen, deren keine bedeutungslos schien, wirkte auf viele. Die Männer saßen immer atemlos, wenn sie sang. Ja, und auch das war es noch: im Tone ihrer schrillen Stimme lag etwas Aufregendes, das anfangs beleidigte und ärgerte, aber nicht abließ, in die Nerven zu stechen und ein Gefühl, halb Schmerz, halb Wollust, zu bereiten. Der kleine van Staanen saß wie gebannt und starrte sie an. Auch als sie unter dröhnendem Beifall abgetreten war und Stilpe eben hinter ihr her ein Fäßchen mit Hummer rollte, starrte er auf den Fleck, wo sie gestanden hatte. Sie kam nicht wieder vor, sondern steckte ihren Kopf nur aus der Kulisse und schnitt eine Grimasse.

»Du, Wild-West-Mann, was is mich denn mit Dich, mein Kind? Doch nich Greteken? Grundgütiger Himmel von Texas und den anderen Jagdgebieten der verschimmelten Adlerfeder! De *wirst* doch nich?«

Der kleine Amerikaner starrte noch immer. Dann sagt er: »Das ist doch 'n *merkw*ürdiges Frauenzimmer!«

»Merkwürdig?! O ja! *Sehr*. Man kann auch sagen: gefährlich. Eine niederträchtige Sorte Eva. Sie frißt nicht bloß den Apfel, sondern auch den Mann. Die Schlange hat sie schon als Vorspeise genossen. Hüt' *Du* Dich! Hut' *Du* Dich! wie jener Lyriker so schön sagt. Nicht in die la main, mein Freund! Jedenfalls pump mir die fufzig Meter Silberdraht *vorher*!«

Der andere Kouleurbruder brummte ärgerlich dazwischen: »So 'n Skelett! So 'ne Latte von 'nem Weib! Die reene Wegamüsiertheit! *Gefällt* Dir die etwa, Yankee?«

»Gefallen? Ich weiß nicht, aber sie hat was.«

»Hört! hört! In der That! Yankeedudelchen produziert sich als Menschenkenner, ohne allen Apparat, bloß aus dem Handgelenk. Oh Du abg *efeimter* Sohn der Wildnis! Übrigens, wenn Du genauer seh'n willst, *was* se hat, brauchste's bloß zu sagen. *Bloß* zu *sagen*. Se is nich genierlich. Willste?«

»Ja, wie denn?«

»Das Lamm! Das Lamm! »Wie denn?« fragt dieser Knabe Karl, der fürchterlich zu werden anfängt. » *Wie* denn?« *Kostbar*! *Höre*, mein Jüngling mit dem goldenen Kandelaber, hebe die Lappen Deiner zierlichen Ohren: ich werde sie einladen. Und ich schwöre Dir: wenn sie noch unbesetzt ist, wird sie uns die Ehre geben, *viele* Löffel Suppe mit uns zu efsen. Siehst Du! so wird die Sache gedeichselt, paß auf! Ich brauche nur den schamlosen Betaster dieses Blüthnerbastards heranzuwinken. *So* ungefähr: Sie, da, Onkel Musikdirektor! Na, so kommen Se doch, Sie Lisztling! Na endlich! Is Grete schon besetzt? Nee? Na, dann sagen Sie ihr, daß ich 'nen Amerikaner bei mir habe, der eigens herüber gegondelt ist, um sich von ihren Knochen aufspießen zu lassen. Nee doch! Scherz *ohne!* Se soll ins Hinterzimmer komm', aber fix ä bißl!«

Die drei Kouleurbrüder bezahlten und gingen ins Hinterzimmer. So nannte sich ein Teil der Gaststube, der von dem übrigen Raume durch eine Rollwand geschieden war.

Stilpe entwickelte sofort eine sachkundige und energische Thätigkeit in kritischer Weinkartenprüfung, nachdem er gefragt hatte:

»Wie stehen die Amerikaner? Gut? Also *all right!* Orgie nimm deinen Lauf! Schorsch: Schleppen Sie die Mousseuxkübel heran! Die Witwe aus Frankreich werde aktiv! Sie verstehen mich, Schorsch? Mein Gott, was die heutige Kellnerjugend ungebildet ist! Cli!? He? Na: Cli!!? Cli?!!!? Keene Spur hat er, 'n Rindvieh is er! Also Cliquot; Dämlak! Huit! Fort! *allez!* Das Kompakte mag der gütige Gastgeber selber bestimmen, aber ich bitte, nicht zu vergessen, daß ich mich in Caviar baden möchte.«

Van Staanen ließ anfahren, »daß die Welt wackeln mußte,« wie Stilpe sagte. »Onkel Polognerich wird ekligen Respekt bekommen!«

Nach einer halben Stunde etwa kam das »schlanke Mädchen«. Stilpe stellte sie mit feierlichen Zeremonieen vor, für die sie als Antwort ein geringschätziges Lippenschürzen hatte.

»Die Muff wartet draußen!« sagte sie dann.

»Natürlich, 'rin ins Vergnügen!« entschied Stilpe, und der Kouleurbruder, der eine Schwäche für korpulente Weiblichkeit hatte, sprang hinaus und holte die dicke Folie für Gretchens ätherische Schönheit.

»Was bleibt für mich?« fragte Stilpe, – »wieder bloß Tugend und Kaviar. Das hat man davon, wenn man Ethiker ist. Ich bin nämlich der einzige anständige Mensch hier, müssen Sie wissen, Greteken. Aber Sie brauchen sich deswegen nicht zu genieren. Dem Reinen ist alles rein, und für mich seid ihr alle Lilien. Ihr säet nicht, ihr erntet nicht, aber der gütige Amerikaner nährt euch doch. Er *hat's* nämlich, und Sie brauchen bloß aktiv zu werden, und *ihn* hat's ooch!«

Sonderbar: der kleine Amerikaner fand keinen Spaß an diesen Späßen. Er verbat sie sich sogar.

»Herrgott, es hat Dich doch nicht etwa *jetzt* schon? Nee aber so fix! Ich sag's ja: diese Amerikaner! Lauter Edisöhne Riechen bloß am Speck, und sie sitzen schon in der Falle. Dabei *hat* die Ätherische gar keenen Speck. Ganz *förchterlich*!«

Auch der Ätherischen behagten die Späße durchaus nicht. Es war ihr alles klar: mit diesem Kleinen, der so sonderbar höflich war, konnte sich leicht was »entwickeln lassen.« Schüchtern in Worten, verschlang er sie mit seinen Blicken, in denen Staunen und Begierde war. *Wie* ihn fesseln!? Gleich mit allen Hunden los oder leise die Netze gezogen?

Die Muff war natürlich wieder schrecklich gewöhnlich. Schon nach der ersten Cliquot war sie beim »Knutschen«, und Stilpe, natürlich, kommentierte alle Vorgänge, sowohl die auf, als die unter dem Tische.

Gretchen Köner entschied sich in guter Kontrastberechnung für das leichtere Geschütz, in dem freilich überhaupt ihre Kraft war, – sie »wirkte« mit den Augen. Schiefe, fragende Blicke begannen, Blicke voll unsicheren Winken, als wisse sie selbst noch nicht, wohin, – wie tief. Dann herumirrende Blicke, als wenn ein Leid in ihnen wäre, das fliehen wollte in ferne Verborgenheiten. Mitten hinein plötzlich dann ein großes Aufthun der grünen Tiefe, lange, starr, – und nun die Augen schmerzlich zu, indes sie lauerte. Schließlich die schwerste von ihren Künsten: das Umarmen mit den Augen, als ob sie innerlich tiefstes Glück genösse, selig selbstvergessen.

Übrigens: der kleine Amerikaner hatte wirklich einen gewissen Reiz für sie. Ein kräftiger Junge! Und unschuldig, – das war doch klar. Das las sich doch aus seinen blauen Stauneaugen. So einer, der mit *einem* Male gewonnen wird auf lange Zeit, – vielleicht für immer. Für immer, – das kann freilich fatal werden. Denn man wird solche Herren nicht los, selbst wenn man will. Indes: die Brieftasche! Diese ganz unstudentische Art, mit *echtem* Sekt zu operieren!

Grete Köners Nuance waren nämlich zumeist ältere Herren. Auf »junge Esel mit schwachen Mitteln« ließ sie sich sonst nicht ein.

Aber der da!?

Wie gesagt, sie hielt ihn der schwersten ihrer Künste für würdig. Diese schlugen vollkommen an. Sie konnte es bald merken, daß sie ihn hatte. Es war ihr eigentlich so noch nie passiert; die reine Explosion, denn, man denke! – Während der vierten Flasche schon, »wo man doch wahrhaftig noch ruhig ist«, preßte er ihre Hände in die seinen und gab sich ihren Blicken in ganz brünstiger Andacht hin. Wenn sie nur allein wären! Er war entbrannt! Jeder seiner Bewegungen sah sie es an, wenn er auch wenig sagte.

Wenn sie nur allein wären!

Der Freund der dicken Muff war bald betrunken, und die dicke Muff ditto, – aber Stilpe! Diese verdammte Dreckschleuder! Wollte er denn durchaus die ganze Geschichte verpfuschen?

Als der kleine Amerikaner einmal hinausging, nahm sie sich den »Ekel« vor. Aber richtig! »Was er sich denn eigentlich dächte!? Ob das nicht eine Gemeinheit wäre, fortwährend schnodderige Bemerkungen zu machen, wo doch der Kleine so anständig wäre? Das sei eine nette Kouleurbruderschaft, unschuldige junge Leute zu verderben, und von Stilpe hätte sie eigentlich mehr Anstand erwartet. Aber nein: pfui Teufel!«

»Aber Greteken!?! Greteken!?! Du bist doch keine Seriöse?! Was ist denn in Deinen Alabasterbusen gefahren? Du wirst mir doch nicht ernstlich den kleinen Yankee ...? Oho, mein süßes Skeletteken, so hab'n wir *nicht* gewettet! An die *Kette* willst Du den kleinen Amerikaner legen? Gucke da! Wo das Mädel *den* Geschmack her hat! Gucke da! Das große Portemonnai will sie in Monopolpacht nehmen! Aber da kennt ihr den kleinen Amerikaner schief, holdes Gerippe! Der ist, – aber wart, er soll's uns selber sagen! Du, Yankeedooole, sag mal, was ist! Greteken meint, Du möchtest aus ihren Tanzstiefeln trinken. He? Wahr?«

Aber Yankeedoodle wurde wild. »Kümmere Dich nicht um mich, Stilpe, und laß mich ungeschoren! Du langweilst mich mit Deinen

Witzen! Drisch sie vor, wem Du Lust hast! Sie sind gräßlich überflüssig.«

Stilpe erkannte schnell, daß das Ernst war, und er hatte den Instinkt der auf andere angewiesenen Spaßmacher, im rechten Augenblick aufzuhören. Nur *eine* Bemerkung konnte er sich nicht verkneifen:»Also jut! Die Sache macht sich! Wieder eine Unschuld weniger! Daher der Name grüne Schoten! Aber bitte: wenn sie dürre sind und rascheln, – ich bin *nicht* schuld! Der gute Rat hat seine Schuldigkeit gethan, der gute Rat kann gehn! Also geh ich und wasche die *la main* in Unschuld, wie der alte Herr Pontius zu sagen pflegte. Siehe Markus oder Matthäus oder alle Zwee! Aber bitte vorher die fufzig Mark! In Geldsachen ist Pünktlichkeit die Höflichkeit der Könige.«

Van Staanen gab sie ihm mit Vergnügen, bezahlte auch gleich die Zeche, ließ die»paar Müsse« sitzen und ging mit Grete.

Von da an begann eine sichtliche Veränderung mit dem kleinen Amerikaner.

Er wurde»interesselos«, wie die Kouleurbrüder sagten. Fehlte bald auf dem Fechtboden, bald auf dem Frühschoppen, schwänzte sogar zuweilen die offiziellen Kneipabende.

Man suchte ihn behutsam auf die Bahn der Tugend zurückzuführen.

Erst der Leibbursch. Wirklich eine rednerische Leistung:»Das geht nicht, Leibfuchs! *Wirklich* nicht! Man *kann* nicht zween Herren dienen, zumal wenn der eene 'n Frauenzimmer is! *Des Kouleurstudenten Geliebte muß seine Verbindung sein!*«

Aber unglaublich: Selbst solche Maximen halfen nicht!

Folgten also die offiziellen Rüffel« – half nichts! Dimissionsdrohungen – half nichts!

Der Burschenkonvent wurde sehr traurig. Wenn es wenigstens intern geblieben wäre! Aber der kleine Amerikaner war ja *verrückt!*

Ließ das Mensch in den Verbindungsfarben auftreten.» *Vivat, crescat, floreat* .....*a!*« riefen die anwesenden Studenten, wenn sie auftrat. Der reine Skandal!

Man mußte ihn also wirklich auf vier Wochen »hinaushängen!« Aber, Du lieber Gott, das machte die Sache nur schlimmer! So sumpfte er sich immer mehr hinein. Nach den vier Wochen fiel es ihm gar nicht ein, sich sehen zu lassen.

Man suchte ihn. Keine Spur! Nicht zu finden! Auf seiner Bude die Auskunft: Seine Sachen seien da, er aber käme nur alle 8, 10 Tage einmal vor, um Briefe zu holen.

Der kleine van Staanen wohnte nämlich mittlerweile bei Grete Köner und dachte gar nicht mehr an irgend was anderes als an sie.

Es war ein ganz miserables Leben, das er führte, ein Leben im schmutzigsten Sumpfe, – man mußte erschrecken, wenn man den kleinen Amerikaner sah, so heruntergekommen sah er aus. Das fiel noch am wenigsten auf, daß die Zeichen wüstester Ausschweifung an ihm waren, daß er bleich und abgefallen war, müde Augen hatte und einen schleppenden Gang, – schlimmer war die Wandlung in seinem Wesen: diese Unsicherheit des Auftretens, wie wenn er etwas verbergen müßte, etwas ganz unsagbar Häßliches; diese Ängstlichkeit vor fremdem Blicke, der ihm wehe zu thun schien; dieses stumpfe Vorsichhinbrüten, aus dem er zuweilen emporschrak, obgleich nichts dazu Anlaß zu geben schien.

Er war der Chansonette willenlos unterworfen, sklavisch, hündisch. Sie maltraitierte ihn auf jede Weise, selbst in Gegenwart anderer; sie legte sich nicht einmal Zwang an, wenn ihr Gelüsten nach einem anderen Manne kam: Van Staanen ließ sich alles gefallen. Er schien gar kein Selbstgefühl mehr zu haben, innerhalb weniger Wochen war er durch das Weib vollkommen an Leib und Seele zu Grunde gerichtet.

Die Verbindung ahnte gar nicht, wie weit es schon gekommen war, bis Stilpe einmal auf der Kneipe erschien und erzählte, was er aus »bester Quelle«, nämlich von der dicken Muff und dann aus persönlicher »Beaugapfeluug« erfahren. Seine Rede lautete so: »Laßt fahren dahin! Der Yankee ist in sein Verderben gedudelt, und kein Bierseil reißt ihn mehr heraus. So lange Krieg ist zwischen Nan und Nü, aber das versteht ihr zweifelhaft gebildeten Mitteleuropäer ja nicht, ich kommentiere also mein Bild aus dem Reiche der Mitte: so lange Mann und Weib sich befehden auf diesem ekelerregenden Globus, *id est*: seitdem Adam und Eva vom Appelboome verbotene Südfrüchte gegessen haben, is so was noch *nich* passiert! Der gute Knabe mit dem großen Portemonnaie is futsch, futscher, am futschesten! Er sieht aus wie ein Backpflaumenmann, so zusammengeschrumpelt und beenebezüglich schlotterig. Er ist chronisch vertattert an Leib und Seele und ganz und gar versimpelt. Er wichst ihr die Stiefel. Ja wohl. Er wichst ihr die Stiefel. Er macht ihren Laufjungen. Er ist ihr Clown. Sie steckt ihren Zeigefinger in's Bier, hält'n ihm hin und sagt:»Lutsch 'mal, Karlemannchen«, und Karlemannchen lutscht.

»Unglaublich! Donnerwetter nee! Aber is das denn die Menschenmeeglichkeet!« im Chorus.

»Ja, und wenn man der Muffin glauben darf, – Himmelherrgott noch 'mal: *das* is schon das *Aller*unglaublichste! Aber das kann ich vor den Fuchsen nich erzählen. Das is überhaupt nur für die *aller*ältesten Semester, uud selber *die* könnten Schaden an ihrer Seele nehmen, wenn sie nich zufällig Mediziner sind. Theologen würden augenblicklich *sterben*, wenn sie's hörten. 'S is *schau – er – lich*!!«

»Na also schieß los!«

» *Fällt* m'r ja gar nich ein! *Heechstens* bei der Exkneipe, und ooch da bloß *theil*weise. – 'S schlimmste is, daß er *heiden*mäßig viel Geld braucht und ooch nich im Geringsten dran denkt, von dem Weibsbilde zu lassen. – Ich habe mit ihm gesprochen, – *väter*lich versteht sich.«

»Na??!«

»Nu, er war sehr zerknirscht und ganz *ekel*haft demietig, aber 's ginge absolut nich, und m'r sollt'n 'n in Ruhe lassen.«

Am nächsten Tage großer Burschenkonvent. Sollte man ihn gleich *in perpetuum* hinausthun? Sollte man noch einen Versuch zu seiner Rettung machen?

Dies wurde beschlossen.

Aber es war zu spät. Auf seiner Wohnung die Kunde: Herr van Staanen ist nach Amerika; hat alles bezahlt, seine Sachen fast alle dagelassen, zumal alle Bücher und alle Kouleursachen, wird aber nicht wiederkommen, – sein Vater hat ihn geholt.

»Eingeheimst worden?« Die Sache klang plausibel. Der Alte wird erfahren und kurzen Prozeß gemacht haben. Aber daß »der Kleine« gar keinen Abschied genommen? Man hätte ihn ja rehabilitieren können vorher ... Immerhin: besser so, als daß man ihn etwa hätte ganz dimittieren müssen. Er wird schon wieder vernünftig werden drüben, und vielleicht kommt er sogar wieder. Beschluß: ein offizieller Brief des Burschenkonvents wird ihm nach Amerika nachgeschickt, die zeitweilige Dimission wird zurückgenommen, van Staanen bis auf Weiteres als aktiv betrachtet, bis genaueres zu Wissen des Konvents komme.

Statt einer Antwort von ihm kam der Brief mit einer Aufschrift des Alten zurück:

»van Staanen, *stud. phil.* Leipzig, Hainstr. 5«

Nanu? Dort eben hatte man ja die Nachricht bekommen, er sei nach Amerika?

Jetzt wurde die Sache verdächtig. Also doch die dürre Grete wieder? Sie war fort von Leipzig, nach Halle abgemeldet. Der Leibbursch des kleinen Amerikaners begab sich von der Höhe seiner Burschenwürde herab und fragte bei ihr brieflich an, wo Herr van Staanen sei.

Die Antwort lautete auf einer Postkarte sehr kurz: »Woher soll *ich* denn das wissen?«

Also verschollen ...? Nein aber der Bankier mußte doch wissen! Also zum Bankier: ob Herr van Staanen noch seinen Wechsel behebe? Ja freilich: pünktlich, per Brief aus Halle!

Verfluchtes Weibsbild, also doch! Und Stilpe und der Leibbursch fuhren nach Halle.

Grete Köner trat unter einem anderen Namen in einem Tingeltangel nahe dem Bahnhof auf. Stilpe kannte natürlich ein paar ihrer Kelleginnen, die er vorher sondierte. Aber sie schien wirklich nichts mehr mit dem kleinen Danket zu haben, denn sie lebte mit einem Kollegen zusammen, mit einem Negerimitator.

Ja, nun sollte man sich da herausfinden! Auf der Polizei war van Staanen nicht angemeldet. Aber *da war* er ja! Also würde man ihn sicher abends in der Vorstellung finden.

Stilpe natürlich vorn an der Rampe, aber so sehr er mit dem Leibburschen den Zuschauerraum durchmusterte: vom kleinen Yankee keine Spur. Auf dem Zettel figurierte auch der neue Liebhaber Gretes: Master Bell, – »na ick danke, 'n netter Nachfolger für den kleenen Yankee, sagte Stilpe, als der auftrat und mit seinen langen Schuhen im Negertanze den Boden zu bearbeiten begann. »Jut gefärbt is er, und Donnerwetter, so 'ne Lippenwülste! Prosit Onkel Tom!« Und er hob sein Glas zu dem Tänzer. »Nanu? Der blieb ja plötzlich stehen? Und was starrte er denn so ..? Herrgott nein, – wirklich!!? Staanen!? ...

Der Klavierspieler paukte wütend weiter, und der schwarze Tänzer stand noch immer. Das Publikum ulkte, eine Summe rief: »Na man rüstg, oller Junge«, – aber plötzlich lief Master Bell davon, von hinter den Kulissen her hörte man lauten Wortwechsel, eine kreischende Frauenstimme immer als Oberton, dann einen schweren Fall und lauten Schrei.

»Herrgott, Herrgott! was ist passiert!?« im Publikum.

Stilpe und der Leibbursch über die Rampe hinter die Kulissen.

Da kniete *van Staanen*, der *Negerkomiker*, über Grete Köner und würgte sie, zwei englische Grotesktänzer in Froschmasken, ein unendlich dürrer und ein monströs dicker suchten ihn von hinten wegzuzerren, Chansonetten, halb angekleidet, liefen aufgeregt hin und her, der »Direktor« pustete hilflos und wimmerte: »De Vorstellung! De Vorstellung!«

Stilpe und der Leibbursch brachten van Staunen von der Sängerin ab. Er stammelte: »Nehmt mich fort! Nehmt mich fort!« Grete Köner spuckte aus und schrie: »Schmeißt doch das Aas da raus! Holt doch die Polizei! Der Hund der!«

Stilpe, der völlig ruhig geblieben war, schob sie bei Seite und sagte: »Stille biste, Bestie, – oder willste Dich noch mausig machen?«

Sie brachten van Staanen in ihr Hotel.

Der kleine Amerikaner wurde schwer krank. Zwei Monate lag er in der Leipziger Klinik. Aber als er entlassen wurde, schien er ganz gesund.

»Erst Grete Köner und dann 's Nervenfieber überstanden, – ne gute Natur!« sagte Stilpe.

Van Staanen wurde wieder aktiv, nachdem man erfahren hatte, daß seine kurze Thätigkeit als Negerkomiker in Halle nicht bekannt geworden war. Er war ernst und blasiert geworden, trank unmäßig und »lebte Selbstmord«, wie Stilpe urteilte, aber im ganzen war alles im Gleise.

Da, eines Tages, erschien er nicht zum Burschenkonvent. Ängstlich, wie man bei ihm nun war, ging man auf seine Wohnung. Da lag er – tot, vergiftet. Ein Zettel neben ihm. Auf dem stand: »Fragt meinen Bankier. Mit 200 Mark monatlich kann ich nicht leben.« Atemlos zum Bankier. Was ist? Warum hat sich van Staanen vergiftet?

Vergiftet?

Ja! Da: der Zettel!

Da sank der alte Geldmann schier verzweifelt in seinen Lederstuhl. »Mein Gott! Mein Gott! Es war ja nur Notlüge, um ihn zu retten! van Staanen in New Jork *hat ja* gar nicht Bankerott gemacht! Es war ja nur vorgegeben, um den jungen Mann zu größerer Sparsamkeit ... Mein Gott! Mein Gott! Was wird der Alte sagen! Der *Alte!*

»So'ne *unvorsichtige* Pädagogik!« meinte der erste Chargierte.

Zwei Tage drauf wurde van Staanen begraben. Die Chargierten der Verbindungen in Wichs am Grabe. Die Fahne seiner Verbindung umflort.

Am Abend Kneipe mit Trauersalamander.

Stilpe ging nicht hin. »Solche Geschichten muß man nicht mit ausgeleiertem Pathos verhunzen, sondern in tragischer Beschaulichkeit nachgenießen.«

Aus diesem Grunde wohl ging er ins »Pologne«.

Just als er eintrat, erschien die eben wieder engagierte Grete Köner (jetzt Lili Sonsky genannt) auf dem Podium, lachte wie ein Gassenjunge, hob, wie zur umarmung die dürren Arme und sang ihr Leiblied »Kann ich dafür? Kann ich dafür?«

»Pfuiteufel!« sagte Stilpe, drehte sich um und ging nun wirklich zum Trauersalamander für den kleinen Amerikaner.

 tredition®

Über tredition

Eigenes Buch veröffentlichen

tredition wurde 2006 in Hamburg gegründet und hat seither mehrere tausend Buchtitel veröffentlicht. Autoren veröffentlichen in wenigen leichten Schritten gedruckte Bücher, e-Books und audioBooks. tredition hat das Ziel, die beste und fairste Veröffentlichungsmöglichkeit für Autoren zu bieten.

tredition wurde mit der Erkenntnis gegründet, dass nur etwa jedes 200. bei Verlagen eingereichte Manuskript veröffentlicht wird. Dabei hat jedes Buch seinen Markt, also seine Leser. tredition sorgt dafür, dass für jedes Buch die Leserschaft auch erreicht wird.

Im einzigartigen Literatur-Netzwerk von tredition bieten zahlreiche Literatur-Partner (das sind Lektoren, Übersetzer, Hörbuchsprecher und Illustratoren) ihre Dienstleistung an, um Manuskripte zu verbessern oder die Vielfalt zu erhöhen. Autoren vereinbaren direkt mit den Literatur-Partnern die Konditionen ihrer Zusammenarbeit und partizipieren gemeinsam am Erfolg des Buches.

Das gesamte Verlagsprogramm von tredition ist bei allen stationären Buchhandlungen und Online-Buchhändlern wie z. B. Amazon erhältlich. e-Books stehen bei den führenden Online-Portalen (z. B. iBookstore von Apple oder Kindle von Amazon) zum Verkauf.

Einfach leicht ein Buch veröffentlichen: **www.tredition.de**

Eigene Buchreihe oder eigenen Verlag gründen

Seit 2009 bietet tredition sein Verlagskonzept auch als sogenanntes "White-Label" an. Das bedeutet, dass andere Unternehmen, Institutionen und Personen risikofrei und unkompliziert selbst zum Herausgeber von Büchern und Buchreihen unter eigener Marke werden können. tredition übernimmt dabei das komplette Herstellungs- und Distributionsrisiko.

Zahlreiche Zeitschriften-, Zeitungs- und Buchverlage, Universitäten, Forschungseinrichtungen u.v.m. nutzen diese Dienstleistung von tredition, um unter eigener Marke ohne Risiko Bücher zu verlegen.

Alle Informationen im Internet: **www.tredition.de/fuer-verlage**

tredition wurde mit mehreren Innovationspreisen ausgezeichnet, u. a. mit dem Webfuture Award und dem Innovationspreis der Buch Digitale.

tredition ist Mitglied im Börsenverein des Deutschen Buchhandels.

Dieses Werk elektronisch lesen

Dieses Werk ist Teil der Gutenberg-DE Edition DVD. Diese enthält das komplette Archiv des Projekt Gutenberg-DE. Die DVD ist im Internet erhältlich auf **http://gutenbergshop.abc.de**